2015

中国高校文学作品排行榜

·诗歌卷·

冰峰 主编 中国高校文学作品征集评审委员会 选编

中国出版集团
现代出版社

第六届“包商银行杯”全国高校文学作品征集、评奖、出版活动

总策划 赵　智　李镇西

策　划 金　岩　庞俭克　张清华　谭五昌

组织委员会

主　任 赵　智　李镇西

副主任 李献平　金　岩　王慧萍　魏占元　庞俭克

成　员 陈亚美　谭五昌　臧　棣　陆　健　蒋守法　刘　鑫　魏丽峰　张大群　彭　莎　刘　颖　安　琪　梁　翔　赵俊义　赵文轩　刘不伟　陈　龙

评审委员会

小说评委

宁小龄　《人民文学》副主编

王　山　《中国作家》主编

张清华　北京师范大学文学院副院长

李　舫　《人民日报》文艺部副主任

郑　子　中央新影集团微电影发展中心主任

杨晓升　《北京文学》社长兼执行主编

陈亚美　作家网副总编、《中国年度微型小说》主编

散文评委

梁鸿鹰　《文艺报》总编辑

陈旭光　北京大学艺术学院副院长、北大影视戏剧研究中心主任

吴思敬　首都师范大学教授、中国当代文学研究会副会长

杨　锦　公安部宣传局副局长

李少君　《诗刊》副主编

刘玉龙　《亚洲微电影》杂志副主编

庞俭克　漓江出版社原副总编、现代出版社策划总监

诗歌评委

商　震　《诗刊》常务副主编

叶延滨　《诗刊》原主编、中国诗歌学会副会长

姜念光　《解放军文艺》主编

谭五昌　北京师范大学中国当代新诗研究中心主任

王明韵　《诗歌月刊》主编

谷　禾　《十月》诗歌编辑

陆　健　中国传媒大学教授

目　录

心灵的雾霾需要文学清洗(代序)

冰　峰

几年前,我并不认识雾霾,因为他很谦虚,也很低调,极少招摇过市。生活在我身边的人,很少和这个词打过交道。而现在不同了,雾霾这个词已经成了气候,只要一出现,偌大的城市就变了脸,暮气沉沉,脸色灰暗,像病入膏肓之人。

为了逃避雾霾,我去了三亚的海棠湾,在海棠福湾一号,感受到了大自然的抚爱。海风的手是清凉的,让我心中的燥热化作了椰树下的一缕清凉。此时我才明白,蓝天、白云、绿树、清风是何等美好、重要和珍贵。

那几天我是幸福的,尽情享受了阳光、沙滩、海浪,以及椰树给我带来的安逸生活,一切都是那么清亮、安静、透明、美好。

可是,这样的美好只是暂时的,繁忙的工作很快又把我拉回到了北京,在雾霾的包围下,我整天昏昏沉沉,目光短浅,脑子里一团糨糊。我看不到蓝天、白云和温暖的阳光……时光像蜗牛一样爬行,安静的时候,我总是怀念三亚的生活。

在繁忙的工作中,阅读《2015中国高校文学作品排行榜》清样是我新的美好的情感寄托,因为,此时我的心情是干净的,文学正在我的情感深处蓬勃生长。这几天,我忘记了一切,与文学静静地、温暖地交流着,抚慰着……雾霾爬到我的窗口,用力敲打着窗户,但我的脑际只有"文学"这个温馨、纯洁、干净的词汇浮现。

于是我想,文学,这个几乎被许多人置于墙角的词汇,是多么顽强和艰难地与人类打着交道啊!她试图以一种特殊的方式溶解人类内心的苦闷、疼痛、悲哀和复杂。这个词汇曾让我流过眼泪,享受过温暖和荣光,而现在这个词汇却被冷落了,人们的精神家园被雾霾所遮蔽、笼罩。

我怀念20世纪80年代文学给我们带来的兴奋、狂热和干净。此时我觉得,我怀念"海棠福湾一号"和怀念文学的感觉是一样的。一块儿是精神和情感的境地,一块儿是生活和生存的净土。只有靠近她们,我的灵魂和肉体才能够得到疗养、抚慰。

放眼当下,各种各样的污染汹涌而来,我们的精神被围困!娱乐节目,网络生活,虚拟空间……冷冰冰的科技、机械像洪水猛兽般淹没了人类的生活,浪漫、情趣、自然、人性……这些美好的词汇在逐渐僵化,成为僵尸。我不知道,我们的生存环境已经被雾霾笼罩,如果我们的情感空间和精神空间也被雾霾笼罩,我们的出路将在何方?

这时候,我想到的依然是"文学"这个美好的词汇,我觉得她就是我们心灵的家园和治愈精神疾病的良药。有她在,我们的精神就不会寂寞,不会被饿死、冻死。只要这个词汇还活着,我们人类就有希望,我们的心灵家园就不会被雾霾完全吞噬。大学生是国家和社会的未来,他们灵魂深处的文学情结等待我们去发现、挖掘、引导,这是我们的责任。

"包商银行杯"全国高校征文已经举办六届,《中国高校文学作品排行榜》已经出版二十四卷,这是一个从大学生抓起的人类灵魂事业,虽然我们清理人类内心的垃圾像治理雾霾一样艰难,但我们不能放弃,也绝不放弃。

放纵娱乐,恶性游戏,金钱崇拜,造假成灾,骗子泛滥……一切都是那样的大摇大摆、肆无忌惮。在我们的精神领域,雾霾在弥漫,人类的精神家园在坍塌……我们不能向恶俗低头,也不需要与偏见和无知谈判,我们需要拿起手中的笔,写出锋利的文章,让锋利的文字削去世俗的、已经原形毕露的脓疮、肿瘤,这样,我们才有可能改变眼前的一切。

文学与人生是紧密联系的,似血缘关系,她可以在我们受伤的时候疗伤,疼痛的时候镇痛,忧郁的时候打开情感的天窗。文学是心灵最有营养的食品之一,文学对人的改造和心理疾病治疗是潜移默化、不露痕迹的……社会需要正能量,需要温暖,需要文学来唤醒我们人性的善良与正义。

春天终于来了,干净的风吹动了一切。我们看到:反腐的利刃正在切割社会的脓疮、肿瘤……

最后,引用习近平总书记的一段话让我们共勉:"未来中国,是一群正知,正念,正能量人的天下。真正的危机,不是金融危机,而是道德与信仰的危机。谁的福报越多,谁的能量越大。与智者为伍,与良善者同行,心怀苍生,大爱无疆。"

同学们,热爱文学吧!这里是净土、沃野。在这里,我们可以尽情享受蓝天、白云、沙滩、海浪……

赫本是个好姑娘（十首）

西安外国语大学/倪广慧

赫本是个好姑娘

我把手机里的图片放给姥姥看
奥黛丽·赫本在非洲
背上一个瘦如骷髅的男孩
把赫本的话念给姥姥听
要拥有苗条的身材
就要把食物分给饥饿的人
姥姥想了一下　郑重其事地对我说
赫本是个好姑娘
但是你
给我好好吃饭

冬天的白日梦

冬天
如果我要打瞌睡
我希望梦到
姥姥的牡丹花被面儿
姥爷的旱烟袋
红通通的炉火上
水刚刚烧开

天有顶吗

在梦里
我飞起来了
我是坐在一朵南瓜花上飞起来的
我飞得正欢呢
我想唱一支歌
我从花瓣上站起来
撞得头晕眼花

恋枝桃

姥姥身体不适
郎中给开了一个偏方
用恋枝桃煎茶　一日饮三次
姥姥告诉我
恋枝桃就是冬天还留在枝头的桃
舅舅舅妈
爸爸妈妈
里孙外孙
跑遍了邻近的村庄
远山上的桃园
共找回九颗干黑的瘦桃
我哭了
如今再也难找
如此固执的桃
能将自己坚守成世人的药

野　心

开学了
她从农村老家返回学校
她的手机里录了一些乡下的声音
门前树林里的知了
麻雀的唧唧喳喳
雨后池塘里的蛙叫
夜晚草丛中的虫鸣
甚至鸡鸣狗吠牛哞哞
她不停地对我说
你等着
回头手机功能更强大了
我要把香椿和槐花的味道也录下来
我要把整个乡下装进手机带给你

没什么大不了

站在图书馆门口发了一条说说
“阳光像金子般洒在大地上
幸福”
嘀嘀
好友秒评
“矫情
又不是金子像阳光般洒在大地上
有什么大不了的”

香

裹着被子读诗
室友桌上的香蕉
散发出诱人的
月季的味儿
儿时的春天
三叔家的院子里开了好多月季花
三婶用香波洗头发
我就若无其事地撕花瓣
从外向内
一片一片
花朵越来越小
越小越崭新
越小越香
我仿佛剥出了花的小香魂
从我七八岁的鼻孔
钻入了二十三岁的心房

无 题

当火车开入这座古城的春天
花不香也不艳
华灯初上
花瓣随着灯光变换颜色
细雨如丝
却并不使夜色温柔
空气只是清冷
又不能凝固什么

在路边等车时
人群中一股
过于浓烈的香水味
令我不禁打了个哆嗦

周 末

我站在宿舍阳台
呼吸五楼
早晨的空气
打哈欠
不说话
透明的翅膀裹着嫩绿的身体
一只小虫子
睡在我刷牙的杯子里
我用牙刷敲敲杯壁
它伸展几下翅膀
继续睡

婚 事

儿时的英雄少年
长大了
红橙黄绿青蓝紫
一字排开的葫芦兄弟
健美　俊朗
如彩虹般美好
可我不知道
他们也有普通人的烦恼
一边是爷爷逼婚

一边是姑娘们个个细腰
大眼尖下巴
好像蛇精

教归辞（五首）

华南师范大学/周小茗

教归辞：死归

回家的路从死开始，苗族有回家的路
家在东方
太阳升起的海边有鱼米之乡，有故乡
最初的记忆，最初的惆怅

五次大迁徙，路过了五千年，路过了黄河与长江
又路过三苗和楚国。洞庭湖和鄱阳湖是苗人的泪水
错记的地名呐且兰国和夜郎国不在史书之内
呵，云贵高原悬挂吊脚楼，装满了鱼米之乡

蚩尤在东方。苗族的祖先在东方
古歌这样唱，曾祖父这样唱，鬼师也这样唱
鬼师的话就是史书，鬼师的话就是祖先的遗嘱
在公鸡报晓之前你必须上路，在凌晨，在夜的黑里

放下镰刀、斧头、犁铧和火镰，放下俗世的仇恨
带上水牛、白羊和黑猪，带上初恋，穿上好衣服，回去吧
离开塘鼐村。有多少眷恋就有多少无情，不要回头
时间的轮回，命运的轮回，死也是生

教归辞：舀气

回家的路从死开始，苗族有回家的路
这是神秘的民族，死是生的开始
竹篾编织的饭盒可以舀气，舀最后一口气
饭盒罩住了你的嘴，你鼾声如雷

舀到了你最后一口气，盖上饭盒，挂在堂屋的柱上
三天后或次日打开，你的灵魂将与我们在一起
竹篾编织的饭盒，将死之际把你的寿命交给晚辈延续
安心地离开吧，路上竹林一片片，竹王等你回家

竹在大深山，竹在东方三万里。在瑭翥村之外
你终于两手空空，芦笙和芒筒陪你回家
芦笙响起来，芒筒响起来
你听见的你听不见的，你看见的你看不见的，是你自己

不要想你的儿女，不要想你的稻田
你曾经走过的山梁、洼地和树上的鸟窝，也不要想
它们都忘了你，山梁已断，洼地已陷，鸟窝成了窟窿
安心地离开吧。你是多么善良的孩子

教归辞：滴酒

回家的路从死开始，苗族有回家的路
好饮的民族。路上带着烈酒
酒在土碗里，大地烧制的土碗有大地的气息
酒在酒坛中，母亲酿的米酒说着米酒的秘密

你的心停止跳动，亲属把酒滴了数滴在你的嘴里
你到阴间就有酒喝，你在路上就有肉吃
把你的眼皮按合，把你的五指并拢、握拳，脚跟靠齐
给你沐身、整容、着装。你在堂屋装睡

偌大的堂屋，衣服多么漂亮
棉花布，绸缎衣，你穿的是你生前都不敢奢望的
白褶裙，绣花裤，耳环，项链，留着长头发
酒的醇香弥漫在堂屋，你有豪华的床

天有天的翅膀，雨有雨的悲恸
但这时的太阳只为你一个人盛开，照亮了碗里的酒
照黑了独南的村。火把在前，你在后
狐狸让道，鬼让道。你作为最后的人活在这个世上

教归辞：报丧

回家的路从死开始，苗族有回家的路
这次，火塘的火，有熄灭了的灰烬
火塘的火点燃最后的一次枪声，牛角吹响
裹白布、戴斗笠、穿蓑衣、喝冷水，糯米只有三粒

村寨是古老的村寨，孝子和孝媳是古老的遗嘱
安葬日定在三天后，亲属住在三条河之外，带上三把伞
死者有灵
故土年轻

这次，河水矮了，山岭瘦了，亲属的门槛不能进去了
凌晨或黄昏，锦鸡的羽毛插在门槛外
你不在塘鼐村。回头见你上山砍柴，回头见你下河抓鱼

芭蕉林里有人哭了三声

草鞋走破一双，我们让亲属最后一次来见见你
如果他们哭泣，你就去收割你忘记收割的仇恨
如果他们遗忘，你就去播种你曾经播种的泪水
你死也不死，你生亦未生，世间有你绵绵不断的轮回

教归辞：笙悼

回家的路从死开始，苗族有回家的路
浩瀚的天空下一条蜿蜒曲折的小径
莽莽丛林，芦笙开道，芒筒开道
唢呐响彻云霄，你不再害怕，婴儿的眼睛善良

主人的芦笙先响，客人的芦笙后奏
你躺在堂屋
通宵达旦的曲调随你入眠
你梦见了楚国，的项羽，的屈原，的熊渠，的鬻熊

而凤凰梦见你
铜鼓响起来，木鼓响起来，跳芦笙舞，跳锦鸡舞
亲属知道死是生的开始，他们不再哭
亲属知道生是死的结束，他们不再哭

生而为人，死而做鬼，活在没有记忆的记忆里
渺小的记忆，苍老的记忆，细而短的记忆
人鬼不分，凌晨鸡叫鬼是人，黄昏日落人是鬼
你下辈子携带着胎记活在前世里，再回到瑭鼐村

山水之间（八首）

福建省闽南师范大学/公刘文西

山水之间

画家们画山水，因为山水是公开的，
帝王们买画，因为山水是铁打的。

而真正的粮食也不是长在泥土里，
那些天生的智慧的果子，
有没有人摘都在万古闲愁地照耀。
它们成熟了，给予这个世界莫大的恩惠。

而我也不是商人或是农民，但我在忙于种植。
为山水的不动产添加心跳，
为她们的云雨造一个呼吸的肺部。
为重峦叠嶂的事物捂住冰雪遥远的体温。

山水之间，是混蒙的雾气或者还是山水。
在我的眼里，有这些就够了。山水之间有空旷的鸟鸣。

给孩子埃利斯

埃利斯，矮矮的坟墓把你合上
读完一场雪就把你照亮了

游荡的孩子还没有学会像大人们那样说话
一场雪落了，树林里有狼群的黑色蹄印
河面上结满了白白的冰
你战胜了痛苦，就像你不害怕医生手里的尖针
埃利斯，好好地活着，做一个亡魂
河上结冰了，不要再去敲打它们

在古代

在古代，留很长的头发
读很长的信，写很重的书
爬高高的山。游遥远的江湖
与山中老道炼丹
穿宽大的袍子行行散散
驱车打马敞开穷途之哭

在古代，喝很多的酒
看很多的花，踏遍席散的春风
写杨柳岸的雪月诗
写黄河之水天上来
写山河还在，城春草木深
也写后无来者，前无古人

在古代，过上一天穷尽一生
麻雀和凤凰各自飞舞
蜩与大鹏各司其职
最大的果树结大果子
最小的果树结小果子
人们也向秋风和鲈鱼致敬

杂 记

大江东去，小河西归。
不要开金口，伤及一江水，
又将在谁的江山里无限的怜悯，垂泪。

不要对东风吐口水，水也有满身的骨头。
不要轻易记住或遗忘，伤及事物的眼泪，
多么无私的春风十里的剥夺或感谢。

爱比死和死的恐惧更强大，除非不爱。
乡下人的纯朴保留了一个小男孩儿强烈的自尊，
这消极的纯洁，像火花而不是火焰。

脑外伤患者

这一刀挨了十几年，再挨下去就性命不保
再多的老泪也不够流
再多的童心也不够碎
酒喝得再多也喝不到大忘
日子过得再多也多不及大去
苍蝇一样活着终不如老虎一样赴死
如果死被傻傻的奥菲利亚替你死过一遍
死的到来终究是竹篮打水
不如活着，如果活被历代帝王们替你活了一回
那种小清新非主流的甜终究是渣滓
怀旧终究是日日新的新不了
外伤不止伤及头颅，不止在我的头上分出一条歧途
成吨的玻璃心冰川般消退

满身的伤疤和皱纹犹如积雪覆盖我的今生和来生

空无之恋

天鹅沉入白色舞蹈
彤云返回虚无自身

睡美人在钟声里响了一夜
晨光被黎明轻轻擦去

童年开满大片大片梨花
豌豆公主在静梦中一睡不醒

少年忧伤的浪荡无依
昙花低向幽蓝漆黑的河水

夏　天

夏天，脚一迈就走上了落叶小道，
如此广阔的死亡和覆盖，
先于我的眼睑垂下。

如此众多的落叶化为尘土，
也将有更多的落叶进入秋天。
它们迅疾的降落快过往生。

我一生的早晨洒满阳光
傍晚时大地铺满积雪，
少年从阳光下踏雪而来。

这些时间的玫瑰连同赤贫。
我也曾看见树林外的人们，
他们同样脚踏着落叶，一闪而逝。

当我老了我曾经在这里漫步，
我头脑深居的日子也曾被纸记录，
心之重影远远融入青色的夏梦。

立 秋

立秋，一把画扇吹凉了夏天
秋天在山岭间起伏跌宕
老杜悲秋而独上高楼
惊心的鸟儿无力于时节
你蓝色的眼睛流连在山河
迷茫了大雁南归的心
一行白鹭融进千秋雪
东吴门阀已流尽万里扁舟
临行的游子不再密密缝针
一身的国际化融进深秋
家园那一叶梧桐高高地落下
心碎了多少故乡之愁

招生简章和少年锦时

复旦大学/童作焉

招生简章

1. 口语培训班

重度语言困难症。他们不说话，或者句子
噎在半空中。我教练习吐泡，只用嘴唇。
吐出圆形的，方形的还有冰冻住的。

自相矛盾在哲学上称为自杀。词语是宠物。
有时候就饲养在市井，披着人皮却又害怕生人。
有时候走失，在和生人的交谈之中。

2. 失眠培训班

我仅仅负责提供甜品。相信我，先吃饱了。
睡不着的时候才有东西陪伴。你其实分不清
突然掀开被子，我是真的失眠或者假的睡着。

人的行为受制于思考，这些思考成为梦。
我听说雨只从同一个角度落下，无法验证。
我听说睡着了从任何一个方向都不能醒来。

3. 荒诞培训班

伟大的想法离不开灵感，荒诞也是。
我们拒绝没有天赋的孩子，比如不能倒着走路。
并且需要刻苦练习，睁眼说瞎话可不是谁都会。

可以想象成一些旧影片。先剪碎这些真实
再播撒在现实的虚幻之中。我们所需做的
其实就是把真正的故事讲述出来。

少年锦时

——献给昆一中同名微电影

1

云显得慌张。短促，像站在书页上的鹤。
晚春一场宿醉，酒精使得高中的焦距被拉长。更远的
处在过往，或是读书声，或是绕过一遍又一遍的老树。
昆华园的池水从两面，漫不经心淹过眉梢。

2

我站在空旷的原野。渔网里，太阳正枯萎。
皱纹长得迅速。乌云也跟着一起衰老，然后被
压缩进牙缝，学习细胞的分裂理论。死亡，又重复。
再用帐篷点灯，撑起一把厚重的呼吸。

3

我开始怀念另一种风景。故事竣工在
将醒未醒的上课铃声之前。太多人，太多人
就围成一个教室，并被起草成为剧本。

听见呼声和落雨，再看到红色幕布变得鲜艳。

4

夜晚我聊人生，前后三年都在翻掌间。
停留于每一次句读，菜心在锅里变黄。
转过身遇见更多的烟火一并盛开，再湮灭。
我随意翻一张扑克牌。第二次指向你。

一家人莫得锁（九首）

重庆大学/左　手

三座、四座旧木屋

外婆的屋场地拥着三座、四座旧木屋
黄昏一小块一小块喂入梅花格子木窗
擦洗着碎瓷碗、破水缸、半边腌菜坛子
她的皮肤皱成一张薄纸，额头密密麻麻
刻满一行行字，坐在荒草丛生的晒谷场
等一条毒蛇，衔着苹果，离析生活

炊烟一齐升起，铁鼎罐中
沸腾的白米粥，像是三十年前闹荒
木屋开始饥肠辘辘
红薯、白萝卜、糠粑粑、甜高粱、摇井水
喂养六个子女，苦瓜藤、南瓜藤、丝瓜藤、洋瓜藤
要种在门前，挨紧菜锅；松树菌、春水笋、粉板栗
要放进竹篮，防着花猫。

我一出生，一种奇怪的病
开始笼罩外婆的一生，血郁结在太阳穴
肿大，疼痛，提醒她每日从山中采摘野果与草药
疏散民国时期做童养媳的苦日子
现在，大舅舅住在长沙，二舅舅做了外公

三舅舅的眼睛依旧在猜一个谜语
细舅舅将洋楼修在高处，看风景
母亲得风湿下不了田，姨妈的手仍然粗糙

这些她都晓得。就在那些年，整个甘冲村
背靠城镇，外婆陪着木屋一寸寸老去
直到去世，扎纸屋的老师傅扎了三座、四座彩别墅
安置了电视、冰箱、电话、冲水卫生间、席梦思床
母亲给外婆洗净身子，那是母亲
第一次亲眼见证自己诞生的过程

家畜们都长肥了

父亲出去打工，母亲一个人守着老屋
养了六十只土鸡，二十四只水鸭，一头年猪
一条黄狗，一群白鹅
一天忙到头，为这群家畜准备口粮
清早将白鹅与水鸭赶入秋收后的责任田
午后在打谷场上撒一把苞谷喂鸡
并且规范吃食的秩序，哪一只鸡不听话
她就狠狠凶它一句，拿竹扫帚虚晃一下
将飞落的麻雀赶走
入夜，母亲吆喝着
唤回整日在外撒欢的黄狗，喂过猪
每次给我和姐姐打电话，都小心翼翼地提醒：
“家畜们都长肥了，等不到过年就要杀了。”

夏季。抵达深渊

夏季。生机勃勃的野草
垄断电，股票，自来水，高速公路

我们住在丛林深处，将自己亲手归还自然
我们唯一能依靠的是森林本身
我们在电梯房里养的宠物都会悄然离开
即便在森林间偶然遇见
它也再不会望一眼
——你这个捎着木棒猎食树叶的陌生人

我们只好盘腿坐在岩洞里，围着火焰
安抚色彩斑斓的睡眠
它们在沉默中过于凶猛，过于靠近老虎

只好学习祖先，将粮仓和水缸举过头顶
一直等到心间的滚石粉化成雪
就与森林携手渡过河流。抵达深渊

生活在高空的人停留在阳台

生活在高空的人停留在阳台
光打在脸上，穿过他马赛克的身躯
房间变成一间哥特式教堂
石头松动，鱼缸中的水草唱诗班
左右摇摆着肩膀，一片祥和人间的意态

他将自己紧紧握住，望向山城
不可多得的冬日旭阳
指间的香烟一寸寸被时光啃噬
剩下的都是垃圾
城市宽阔的脸庞落入大地缓慢生长的掌纹
一副拒人千里之外的模样

有一个瞬间，他硬是想
从阳台纵身一跃，就此跳出人间

没有指甲的人

医生说，治愈灰指甲的第一步
必须一片片拔掉指甲，整个过程无痛
方便，安全
只是敲掉身体的枯枝败叶
父亲舍不得，将凋落的指甲拾捡起来
藏在母亲的皮箱中——决不能让骨头流浪在外
指甲是一个人魂魄的开端

故乡的秋叶一片片填满被窝

理科博士偶尔谈论音乐的事情
从卡农到雨的印记，每一个音符于手指间
开始发芽，拔节，结出
或浑圆或尖锐的果实
秋天成群结队抵达大地
窗外浓密的法国梧桐打了一个寒战
所有声音便尽数凋零

他们年轻且莽撞，向群山抛出呐喊
回声全无。凌晨一点
来自扬州的宇轩躺在床上
说起丝弦，从梁祝到二泉映月
随手点开Ipad中的音乐软件
故乡的秋叶一片片填满被窝

捞起一场真正意义上的睡眠

城市的齿轮卡着夜色
我在五平方米的正方形格子间来回踱步
开始数羊，安慰赌气的睡眠
一只羊，在山岗吃草
两只羊，在山岗吃草
三只羊，在山岗吃草......

直到母亲说：油灯要灭了
书要合眼了，鸡崽要归笼了
野草就要枯了，打霜了，冬眠了
羊也要一只只宰掉过年了
我才纵身坠入梦中
捞起一场真正意义上的睡眠

橘生南国

端午过后，母亲将我生在橘园
来人都是好人
送来剪刀、米花、红布、炮仗
一过石桥就杀一只公鸡，给我认亲娘
奶奶带着三个姐姐将屋子收拾利索
糍粑、剪纸、拨浪鼓
红枣、乌鸡汤，邻人早已备下
拆房的人在路上，父亲筛甜酒招待
来人都是好人，满载橘枝
烧香许愿，橘花开遍南国
母亲站在屋门口，怀揣竹篮

一篮子金橘蘸满露水，芳香四溢：
“过路人你慢慢行，山高路远夜深长！
过路人你慢慢行，尝尝我家新生橘！”

一家人莫得锁

一家人只有一间茅草屋，六点半
早饭后，父亲、母亲、儿子
蹲在一起喝白开水
莫得电视，煤油灯下
搓草绳箍木桶。萤火虫从不乱飞
夜空只有一口月亮
父亲牵一头牛；母亲抱一窝
印花布土鸡；儿子偷偷养一只白狗
一年只做一件事
一家人莫得锁，出门前只栓好前门
侧门用来回家，从来不栓

如何在早晨写诗（八首）

北京大学/王　浩

上　楼

脱下黑暗的鞋一路向上，
我像一只初学者的手，从低音滑向高音。
但极简主义的门静默。
直升机在地球的另一侧轰响不绝。

此刻我是巨人像。
黑色岛屿，风从四方聚拢。
远方的消息在我耳边探险。
我假装不动？我要言说什么？

但万物同样被钉在石英钟的“嘀嗒”里。
暮色中，表面光滑的不锈钢音叉
神经有声音碎裂，让静脉开花。
我用火山的沉默给大海听诊。

另一些时刻我变成门把手。
某种力量抓住我，但无济于事。
我银质的脸没有表情。
但屋内，众多不同的肖像在互相搏斗！

如何在早晨写诗

如何在早晨写诗?
这个问题就像我们
如何在黑暗中穿好鞋子
信步走到户外?首先,我们
需要提防那双趁着房间朦胧
时不时偷袭我们的小手,
和那对总是故意地
温柔地踩着你的脚的小脚,
还要为那随时可能迎面袭击的
重重的一吻做好准备——
其次,我们需要在香味中辨认鞋子的
味道,如同在别人的赞美中辨认讽刺;
对于崇拜,你需要格外小心,
因为那就像女人波光斑斓的眼神,
你若是不陶醉,随时有别人
偷偷地在门外觊觎那香味,
而你又必须对自己显示出满足。
你得摆脱一种甜蜜的纠缠,以及
关于领带颜色的战争,因为这是你的
体面,你无上荣誉和幸福的象征——
它和你的鞋称霸了你的世界。
所以当你推开门的一刹那,
你便如同静静摊开一张稿纸:
你若停止,诗便心存疑虑;
而我们不得不工作,如同驴拉磨——
但我们最好挑明一切,
警告它后退,或保持距离;

临走之前，别忘了吻别那双深情的
眼睛——这是最重要的一点；当然
我们不得不注意：在你经过它时
一定要显得比它更有魅力，
而且要更若无其事，更勇敢，
因为我们得狠狠记得我们这一生：
爱情漫长，日子晦暗。

林荫道

终点的松树钩住大地，
不要前行！落叶正焚烧起飞的山峦。
你等的人将在冬日来到。
她身后，黑色暴雪考验海鸥的心。
我贴身于童年的烤架，
渴望越炙热，永恒离我越远。

手　表

手表已修好。它摔了两次。
第一次它躺在黑暗中。
圆形，原始。像某种动物的眼睛。
几秒钟之内，我的目光在草丛中寻觅
但什么都没有发生。
它静止，仿佛有呼吸
来自星球深处，如同失足女孩的心跳。
隔着混沌，一个不经意的脚印。
某个男人的死亡在她身上繁殖。
当我面对它时它全身赤裸。
像从风暴中捞起。苍白，茫然，

如同沉船。而窗帘外，黑夜如大海般航行。
第二次我走近它。早晨，
我轻轻地抓起一只脚。它顺从，
但是疲惫，逐渐冷却。
我们差点因它脱离轨道。
一颗白矮星。碎片，属于白垩纪。
幼年时它表情漆黑。
而现在，它凝视我，
开始在我的眼睛里寻找记忆。
它知道我的时间不属于它。
末日。白昼在燃烧，门被打开。
它等待着，即将被重新转动如磨盘。

这平原上孤独的小屋

这平原上孤独的小屋
双手合什，火中跪坐的僧侣
在信仰中，他试图用眼睛遗忘
光；初春，女人献祭的血
咆哮着奔出村落。
炊烟下，破衣烂衫的小孩追逐
虚无，从阴天的星球上升
直达这些空洞，
风沿年轮边缘行走。
我多么欣赏，这无名的时间
在冬天的雷声中滚动的发辫，
在我面前披散如死神。
她走过来，双手合什，
像飘来一阵炊烟；
她温柔地停留在我的书前，

让衰弱的炉火也怒发冲冠。

模仿我树梢的风

模仿我树梢的风。
不要像地球愚蠢地凝结为大地，
不要做厩里的肥马，和不安的青铜马鞍，
不要站着吃橙子并在秋天剥皮；
而要在谱系的尖叫中闪烁，在雷管中嬉戏
使无树之果从严霜的绞刑下获救。

不要相信垂死者，
尽管他们已坠落如西塞罗，
你利剑下的十一月。他们吐气，如蛇吐火，
当你的斯芬克斯秘密地，注视那片白色
之后，那史诗的，丝绸的评价如何将你编织？
不要结网，像醉天使在摇晃，你大雪纷飞的爱丽丝
我们因她饱胀，我们因她如大麦呆立，
而你喝血，我黑色元音的泡沫。

去公园里，目击那群哀悼者：
你是他们中的一员。失眠，如枫叶脱落，
像蛇蜕它的皮，嘶嘶的水泡
从孩子的瞎眼中溢出，而病人们走出大门
寻找刻下他们名字的白矮星。
难道，因为狗的吠叫，昆虫不再迷恋正长石？
或是处决之刃从石榴树下飞袭他们的脖子？
难道流星的风度已让我们进化成人？

不要挥动你的镰刀，

不要试图击落星辰当今夜无星，
而要点燃，让雪球变硬，从博物馆滚上雪山，
从人们的诵经中学习缄默。
让土豆发霉，牛角从地下长出：
快去骑行！走出阴暗的冰川期洞穴，
与唯一的火和火中的风合二为一！
你的光将踩着我的每一步，
你的门等待着一扭。

课余时间

着陆的瞬间，光变黑。
走出空中操场，
龙舌兰在人群中疯长。

一个月内狗的脚印不断变化。
夜里它毛色清晰，
早晨它轻身穿过叶子的露珠。

但我每天浇你的水。
吃饭时冰箱打开，关闭。
果子晒在曝光的风暴里。

用梯子登上多刺的房顶。
那里我曾寻觅海鸥，空中猎犬的痕迹！
集装箱朝这里下降，
有人为死亡练习。

乱 章

鸟儿飞离城市的天空——
因为石头不再醒来。

时间的河流中，
我们拥抱的只有漂木。

我梦见一扇窗，
它和墓园的风交谈着。

我穿过你的双臂，
举目不见黑夜。

所有的记忆都会模糊，
唯独死亡愈加清晰。

我要粉碎诗的秩序，
你的秩序却在粉碎我。

黑夜重写未来，
白昼重写过去。

黎明前，我只是上帝的赌桌上
一具赤裸裸的尸体。

这朵花曾是海水，
因为衰老而真实。

迷园：灰海

复旦大学/秦三澍

1

你我之间反省着一片灰海。
未翻动的夏日，如你手握着剃发器
缺一节电池，无法让短暂的尾部
发热，打战。似乎为了某事
你把天色当作窗帘闭拢，
或是浴巾在你周身以外的领域
见习着，你手臂勾画的曲线：
描眉，修剪头发，刚晾起的衣领
迅速变圆。当你额前的几片湿发
在夕照中成为不反光的某物，
猜想是值得的，且必需：
蜂鸣着的洗衣机滚筒里，残留
一双晕眩于颠簸的，短袜。

2

而想象之物将它自身的危险
抛向半空：三条铁丝搭起的护栏
懒散，如头顶害了恐高症的植物。
看似空旷的房间，相比于年前

更局促，四只脸盆套娃般
叠成同心圆。折角的书页
修订着空气的流向，以至你咳嗽了，
皱眉，手背被额上的温度吓着，
唯有我在电话另一端，替你
喝冷水，但没吃药囊。你独自
去图书馆，在二楼不辨南北的地方
右转，深入被冷气腌制过的人群，
径直在尾端停住：逐年变短了
这铅笔，仍停在铁皮盒外侧，
被你的拇指弹压着，变短？

3

当想象中经历的浴澡，比日常
的泳姿更接近真相，我只想
在你喉头一侧，观望这场肉的风暴。
次日的天气预报中，它被描述成
一次逆转的星象，头一晚星星淋了雨
感冒。晨起，我收到你喑哑的嗓音
如旧信封里抖出的地图之屑，
仍听得出艰辛外灰白的鸟鸣。
这是勾勒的工艺：晏起成为必修，
凌晨时你还握着纸杯，近于干涸，
杯口反光的圆圈像手电一样微颤。
躺在床上，让眼中无界的窟窿
穿过你，仿佛你在跳圈。

4

不远处，一只更大的剃刀嗡鸣。
绿色缩短了寸许，而光秃的灰度
仍裸露着内敛，像虚构的表皮上
安装了数颗虚弱的肾。没有预告，
车灯扫过阴影中最晦暗的部分，
你表情光滑，耳朵有石雕的质地。
让人怀念呵，尽管你很近，
我未曾耷拉过的招风耳，你唇边
流速最大的吹风机，承受着反向之力；
你强壮如半头母狮，另一半
则端坐如玉石，连夜的缺水和朗读
让你声带上的盐，结成一座座灰海之塔。
你近，却在对面有光的二层楼里
翻闲书，念着晚餐中过分的甜度。

5

近于透明的我，在你身侧坐着，
等高线绕着头顶滑行一周。
那是我的指尖，将对岸投来的光亮
拈起，方形小孔里竟放得下椭圆的
木窗棂，焦点如坍陷的乳尖
让幻觉成为柔软的事。而解谜者
却在我们之间安排了缓慢的扶梯。
我登上你，喉咙里的软木塞
正沸腾，起泡；时钟也变硬了，
摇动几下，即在七层的套娃里昏睡。

你的眼睑与楼的重影焊为一体，
牢靠，固执，但这不是攀谈的语调：
你模仿男声的颤音，失信于自然，
那佯装出来的反弹力，也仅是
从我的皮肤上，怯然而短暂地一跃。

6

然而，我需要一张绝缘的桌子
摆满菠萝，为你画肖像：镜子歪斜，
把我们身体相连的部分，折算成
泪滴，瓷粉，或橡皮刮下的短痕。
隐形的这段时日，你从灰海深处
挪向显影液的水滨，脚踵被灌木影子
覆盖着，哭。这是你席地而坐
的理由：你成了悲伤的微小衍生物，
楔入空中的一颗节点，反复拆
你我之间的木扶梯，仿佛它
是手臂的延长。取消了透视的
你的脸，也像冰箱里过冬的半只苹果，
把光滑的弧面摘下来，留给自己。

7

指尖如指针，我捉起你消了磁的
不辨南北的手指，在折角的书页上
凿洞；星象指南的半截楔子
被你捏成墨滴，点燃，化作银鼠，
你梦中缩小了的巨兽，从狭长的暗房
搬进灰海，在你眼底的蓝中一闪。

而我环绕你，手臂上的刻度收紧，
精确到你呼吸的位置。灌木中
缓缓升起这么多夜行的人，仿佛
从石头的间隔中诞生，手握着锦衣
和时间之籽。我仍未擦净你的泪水，
两只巨大的棉球，何时从地底的暗泉
冒出来，如永远等距却已斜卧
在草丛里，不再绷紧了力的拳头。

二十岁书（二首）

湖北省长江大学/音　羽

以父之名

那年冬天，风雪再次封住他回家的渴望。
父亲的风寒从武汉一路感染到山西，
从 30 层的建筑大楼感染到百米深的地下矿井。
他突然打电话告诉我，他不是一个好父亲。
当时他在工棚休息，一瓶廉价的工业白酒
抵挡着破门而入的寒风和漫长的黑夜。
父亲的湖北方言夹杂着异乡的风雪之声
抵达我的耳畔，他说，骨头都要结冰了。
而明天他还要去煤矿深井检修机器，
如同亲自拜访他的墓穴，死亡就潜伏在身侧。

我的父亲确实算不上是个好父亲，
在众人眼中，他曾是个欺世盗名的飞贼，
打着劫富济贫的口号，做着偷鸡摸狗的行当。
在我出生两个月后，父亲就沦为了阶下囚，
他用十年的救赎典当了所有罪孽。
而我的母亲趁着宿命般的雨夜，抛下一切，
包括我，成为别人的妻子，和母亲。
那时我嗷嗷待哺，并不懂得什么叫悲剧，
只知道哭，哭声淹没了爷爷漏雨的瓦房。

出狱后的父亲，望着陌生的城市和人潮，
他意识到这十年间他错过了什么。
在父亲回家的那个春天，四月的暖风
把消息传遍村里的每户人家。
他像阔别多年的游子，归来时热泪盈眶。
只是他乡音已改，满口都是生涩的外地腔调。
那夜，父亲坐在满天星光下，手中的烟头
闪烁成一颗漂泊不定的星星，却少有人瞻仰。
他说，家乡的月亮比监狱里看到的真实许多。
我想象着父亲隔着铁窗伸手揽月的画面，
像失意的李白，但他没有酒，无法借酒消愁。

父亲这些年当过贩售盗版光碟的小贩，
在县城沿街叫卖偶尔也换不回一顿午饭。
他当过搬运工，却扛不走老家的贫穷。
他在武汉建筑队，顶着烈日粉刷墙体，
父亲说咱家要有这么好的房子就烧高香了。
他又决定去煤矿，他说笑，如果葬身于此，
就用抚恤金给爷爷治病，供我上大学。
有时父亲坐在老屋门前台阶上发呆，
他点燃香烟，烟火熏黑了远山和明天。

夏日三伏天，父亲再次回到武汉建筑队，
他皮肤里的河水和盐花开始趁势逃窜。
突然一根钢筋咬伤他的腿骨。他的血
从高耸的脚手架滴落到冷漠的异乡土地上。
经过简单的包扎，父亲又可以重装上阵了。
父亲必须忍住疼痛和贫穷，忍住就意味着
爷爷的癌细胞扩散得更慢一些，也意味着

我可以多读几年书，不至于过早地继承
他的“农民工”的头衔，不至于在将来，
我打电话对儿子说，我不是一个好父亲！

二十岁书

穷极一生，
我不是所有地方的所有人。
我有过许多名字，
每个名字之下都有不同的我。
游山访水曾经是我的梦想，
如今我画地为牢，
满眼都是功名利禄。
我已经跨越了无数河流和季节，
我认识了许多土地，
也有许多山河等我命名。
意念的野马曾经越陌度阡，
自由骑士是我的信仰，
马蹄也曾和欲望之城分庭抗礼。
我做过很多华丽的梦，
然而它们只是梦，
我还有许多梦需要接着做。
我走过许多夜路，
体内的月光曾经消耗殆尽，
我像品尝词语那样品尝孤独。
我遇到过许多人，
参加过几场葬礼，
我已经懂得死亡只是水消失在水里，
我也有幸庆祝过几个孩子的降生。
我谈过几次无疾而终的恋爱，

我的光阴曾经典当给了几个影子。
家庭曾经是我灵魂的憩园，
如今我候鸟之翼已经习惯了漂泊。
我有两个母亲，
两道无法愈合的伤口。
我还有一个出狱的父亲，
他曾经在矿难中化险为夷。
我做过许多错事，
有的被时间原谅，
有的饱受回忆的谴责，
直到被善念悄然净化。
我已经收获了失败和潦倒，
它们的滋味和成功无异。
我写过许多封信，
写给远方素未谋面的人，
也写给越走越远离肉身的自己。

去串异世界的门（五首）

福建农林大学/黄鹤权

日　出

如果我过早地醒于黎明
我更想见识的，是占据
我四肢更深睡眠的灰，以及
半个钻过树篱的日出
弯着腰，背回厚厚的希望

我要走出泥石垒成的雕像和宫殿
赶在人们睁眼之前，探访
那个叫过去的情人
例如青草，树枝，熟睡的孩子
大山要醒了，全身的黑被褪成白

我要伸出我的手掌，青草味
去迎接你自天而降的影儿
那瞬间的一凉，或一热
巴掌大的喘息就在脚下拐了弯
让所有的光
一齐开出白色的花朵

子夜已远，连鸟儿

也已渗入泥土，或落入山头
暮色中，我意会到被卷走的阳光
再一次，和我有了身体的接触
包括那些温热的心灵，他们
仍弹跳不已

去串异世界的门

这是个雨儿关照的日子
大家讲和，偷闲在山间的小路
只带一丛故事，两支
燃着的香烟，像你生前一样
打探着对方身上的风向
说不清什么方位，或许是西边
每个震颤都表露

赶在坟前的人未散之前
我跪拜下来，松了松冒汗的双手
要用她挖开你的地方，
包括野草，碑文，一小堆黄土
让四周静得出奇，让烧得旺盛的
火焰愈发变得沉重
方便你，能出来透口气

清明的雨，总是下得那么好
她给了我想要的，又作揖
拔长鼻息，只默不作声
我依着你的坟头坐下，用
一只只别致的利剑
一朵朵要开满的小花

寄去麦芒，湿气，异性

我也一直在等，等坟前新插的
小树条喝饱了水
就穿着绿衣服，去串门

和一棵橘树相遇

很想摇一棵树上的心
很想的时候
是一种举棋不定

心是真实的，像一道逃逸的出口
我相信，只有味儿能挤过她
一棵十月的橘树告诉我
有一个人，就藏匿在她的底下
在单色里似乎从此一醉不醒

在击落一群过客的眼泪后
拾起你影子的不是我，是
长在火炉里的疼痛
而这个夜晚，我只跟橘树交谈
交出行踪，真诚和一种宣泄

心就盛开在树下，
长出了绿斑，或暗红
空空的梦里，橘子是
唯一从血液爬出的道具
也是我掌心禅坐的同心锁
我从命运线的拥护中走，等你

一颗心落在枝上
均匀而透明，把我
对橙色的向往
带到草堂，一个叫十月的地方

一柄农锄

一柄神奇的锄头，犁开田地
犁开视野，犁开日渐臃肿
而佝偻的身躯。似乎有很大的魔力。
它知道父亲的底细，
常和他一起，夜不能寐

我瞒着父亲，回家，回大凉山
那条黝黑的大泥路。
去农事，去较劲，去讨开话茬
进入三十岁，我是这样的人——
并不是有安详的宿命
我习惯了疼痛，疲倦，和不停地满足

这么多年，每每想起
那藏在屋子僻静处生锈的农锄
我的爱意就开始泛滥，
复制，潮汐般地长。并一度担心，
它们会忽的一下跳开来
落在不远处，那一粒粒饱满的麦穗
和一个弯腰的背影上

每一跳，都被骇浪铿锵有力地代表

都让沉默的慨叹节节败退

无需质疑这旷世之爱

你说：光只打了个滚，
小手在一些特定的月圆的夜晚就完成了
对于大手的背叛。
从此，年龄有了高低、陡直和冷暖
我说：一些事物若过于庞大
便会烧毁经过的每一座村庄
便会吞噬一朵玫瑰的呼喊
便会与绝望同步
比如经验，比如爱
所以我等，等一只燕子衔来春天之际
去看墙面受到祝福的剖面
要是再偶尔发现，
一些斑点，一些甜风
一些胸脯上被放牧的呼噜声
那么，所有微小的服食过罪孽的事物
顷刻明亮，都会被宽恕，
亲爱的，无须质疑这旷世之爱，
它正踱过每一寸空气，
淡雅，清香。

不可能（八首）

北京师范大学/吴雨伦

若干年后

若干年后的一个下午
也许我会想起
这样的一场足球赛
因为我们输了十个
和那些跟我一起
站在同一条后防线上的
被队长拉上球场的队友们
想起我们似有似无的夺冠之豪言
想起我们在阳光晃眼的下午
看着守门员
一次又一次
从球网里捞球
咒骂他的队友

四周一片寂静

我走在路上
在夜里
漆黑降临
冬天，没有蝉鸣

四周一片寂静

四周一片寂静
远处，一座大楼
透过那些窗户
看到
灯火通明
像一只巨兽的
无数只眼睛

四周一片寂静
一个女性
的黑影穿过
香水
混入冰凉的空气
扫过面颊

乌鸦飞过，却不鸣叫
钟表坏了
全世界的钟表
工业停止呼吸
漆黑降临，没有蝉鸣
在冬天
四周一片寂静

不可能

美利坚不打伊拉克
萨达姆热爱民主
战舰开入海湾

只在男孩的梦里

拿破仑和英国女王握手
希特勒亲吻犹太女人
像对待母亲
和他们的姑娘

母亲抛弃我
把我扔到荒野
很久以前
驱车而去

我看到乌鸦
白色的
从远处飞来
泛着金光
照亮天穹

完美感觉

我不听贝多芬
不听莫扎特
不听巴赫
不听这帮人
吹笛拉琴
男高音女高音
唱那像是下水道里传出的
我永远听不懂的语言

直到一天晚上

寒冷驾到
大风擦着窗口嘶吼
恐怖如野兽般降临
我把维也纳人装进耳机
隔绝世界，入梦

噩梦惊醒
夜里，没有风声
耳机在床头，发出微弱的声音
是莫扎特的独奏
在黑暗中
像个小精灵
自由的鼾声

一个悲惨的故事

一个小孩儿在海边堆出了颐和园，温莎堡，克里姆林宫，埃菲尔铁塔，
木乃伊的金字塔以及玛雅人砍人用的金字塔
海风吹拂着
在阳光下它们金碧辉煌

涨潮时，人类文明惨遭毁灭

一位老人

他是一位动物学家
一开始，他是士兵
十五岁那年他谎报年龄，加入军队
至今他的年龄仍是个谜

他到越南抗击法国佬
那时战争不断
在奠边府他被大炮震伤了耳朵
虽然他们最终取得胜利

后来他成了科研工作者
穿过秦岭，爬上高原
研究牦牛的生长以及麝鹿的性生活
和美帝国主义的同行们共同穿越阿拉斯加冰架
尽管他现在甚至忘了北极到底是海洋还是陆地

老年他被共和国的骗子们骗走了全部家产
真是遗憾，他现在怀疑警察

他躺在病床上

他躺在病床上
头朝上
没有亲人
只有医生的鬼影
电子声嘀嗒
他自知大限已至

天花板是白色的
他想起小时候打雪仗的白色雪地

大雨之前

你看见那几片裹着天空的黑纱
在闷得发慌的夏天

就知道会发生些什么

几道闪光突现
雷鸣吓到了
那些穿着暴露的女孩
和那些不知道在干些什么的男孩

爸爸去哪儿了（四首）

山东艺术学院/庄　凌

爸爸去哪儿了

在大凉山我见到过一群上山捡柴火的小孩
他们一边干活一边哼着
“老爸，老爸，我们去哪里呀”
脸上还沾着脏兮兮的泥巴
一个大眼睛的女孩长得很像电视里的小童星
她告诉我这首歌是来支教的女老师教的
这里的留守儿童都会唱

爸爸去哪儿了
他们在煤矿，在工厂，在建筑工地
离童话越来越远

雨　夜

半夜，一场大雨突至
窗子不停地呻吟
梦里欺负我的男人就突然不见了
我默默地听着雨声
不由想到大街上的流浪狗流浪猫
还有野外的小动物它们要在哪里躲藏

我想把它们召唤到我的窝里来
说说无家可归的故事

人生如戏

上表演课，老师要我演小三
开始我还有点不情愿
我嚼着口香糖对男人指手画脚
吃香的喝辣的，穿金的戴银的
掐他的耳朵，摘老树的果子
女人拥有万紫千红的春天
才有资格拥有坏脾气
我排练了一次又一次
渐入佳境，我不是喜欢演戏
是喜欢上了这个角色
信不信由你

布娃娃

小时候村支书家的女儿有一个塑料娃娃
金色的卷发，穿着碎花裙子
塑料娃娃被我们玩得缺胳膊少腿了
我们还抱着残缺的岁月不放

那年秋天父亲进城卖苹果
竟然给我买了一个又大又漂亮的布娃娃
这是乡村的特大新闻
全村的小女孩都跑来和我玩耍

尤其是邻居家小娥

在我家吃饭时她也紧紧地抱着布娃娃
给布娃娃喝水喂饭
天黑了把布娃娃哄睡了她才肯回家

后来布娃娃在村子里走亲戚
今天在东家明天在西家
有一天布娃娃莫名其妙不见了
长大后我也不见了

多年后小娥已经是两岁孩子的妈妈了
她说，小时候是她把布娃娃藏了起来
当我们聊着布娃娃的故事
小娥的女儿说，妈妈，我就是那个布娃娃

没有身份的指纹

浙江师范大学/钟芝红

一、欲望

欲望靠海洋支撑。海洋必须醒着，以应对随时出现的风暴。海面能量并不守恒。下一个欲望涌上来，上一个欲望并不被浇灭。海洋上到处是绞尽脑汁的苦水。我漂在声音的虚幻里。两手空空，白天即暮霭沉沉。这个时代的盘根错节，绕过海水，飞流直上，流放在北京和南京之间。

二、小学老师

那天我看到你站在那里，老旧的玻璃窗投射出你年龄的皱纹。天上的云掉下来，水蒸气氤氲在头皮屑上，我看你时，是一朵云到另一朵云的距离。烫。地上的头发五颜六色，像这个小城的苏醒迟来而猛烈，隔壁原本是个小卖部，三毛钱一个绿豆饼，远水解不了近渴。你也曾站在小城的中间，对一届又一届眼神涣散的他们喃喃自语："我要退休了……我进棺材，不要你们来。"没有表情，汗水的手臂在课桌上，结成深深浅浅的淤泥。还有午后一点四十五分，他们日复一日地睡醒了。我如释重负地，抹几道黏稠的口水在嘴角，逃过你每天例行的检查。你的确老下去了，头发都染黑了。

三、图书馆欺骗

十点五十分。那个人挪到图书馆最后一排。摘下眼镜睡觉。窗外触目惊心的赤色裸露。一辆黄色推土机——如果方便，一辆黄色推土机一望无垠。

从前这片地里，油菜花被推翻，豌豆花被推翻，现在，推土机被推翻，默片无声的注脚长久伫立，空气里张牙舞爪。

十一点三十分，目光收回到酣睡者身上。他用疲惫抵制了春光，江南的天窗没有纸糊。

老狼老狼几点钟？十二点钟！——砰嘭咔嚓砰。

钢笔按捺不住寂寞，钻进了灯的开关。图书馆明明灭灭，五光十色，那个人闻讯醒来，冲我笑了笑，柔弱的椅子终于不必不堪重负。

四、交易

记下这个夜晚。福柯并不知情地塑造一场美妙的讨论。我有多少发现，就有多少晚风吹落的拾人牙慧。

自由：真正的自由不由当事人反复表态。

爱情：一张白纸。

五、突如其来的风

接下来的任务是观察风，观察草木皆兵。一把伞承担了横冲直撞的职能。还需要草地上不知深浅的脚印平息风的吹走。2014 年，4 月，雨水分布在北纬 23.5°和 45°之间，分布在这条孤零零小路的两侧。已经下了太久的雨，有的雨和泥沙俱下，有的雨成为台风演练，有的雨和人一起在海里失踪。总有突如其来违背天上的意愿，填个大坑，世间的雨储存尽了。再也没有电视剧能让东海龙王发动一场洪灾，没有英雄救美，维持瞠目结舌的剧情走向。这时候，我希望电视里能出现新吉本的笑声，房屋失去居住权之前，对窗外的风声雨声充耳不闻。这个世界的哭声太多了。我在脑海里兴高采烈，甚至徒手挖好了坑，有人惊呼：下雨了！

六、我们要去骑马

要去骑马。一匹野马，读马。花裙子，不穿袜子。在场证明是不会跳舞，没有白色的玫瑰，不穿鞋子。

姑娘跳到侵略者的马背上。哪里有征服，哪里就有指鹿为马的梦乡。

从礼拜一旗杆的高度传来指控。

时光见我如象（节选）

江西省南昌工程学院/郁　岩

2. 我让我从皮坏到骨

在雾里小跑的时候，有阳光慢慢漏下来
斑驳陆离，照亮我身体的一小部分
我明白，浑身上下，我总有一些东西在闪光
路过的人纷纷将我识别，将我度量
最终将看出我是一个从皮坏到骨的小子
比如目空一切，比如将自由肆意地膜拜
比如叛逆，比如多情或者花心
我喜欢过太多的女孩，我随时怀疑或者无视太多的威严
而且这些必定不会有所改变，二十多年了
一起成长过来的众多的事情都在不停息地转变
如果我的存在也必定不会发生改变，那么我
即使再坏下去，也不过如此
即使再坏下去，也对这个世界无关大碍
不因为任何一个伪诈的辩驳，开始换骨脱胎

4. 灾难

说到蜘蛛侠的时候，我五岁的外甥突然说
我看到一只蜘蛛，世界上只有一只蜘蛛

几天前，我在梦里遇见你

村子里下起了第一场大雾
村子中央的202省道上发生一场车祸
而在今天，又一次梦见你
门前的天井里第一次水面结冰
妈妈敲碎了一块冰
有一只蚂蚁的骸骨凝固着，如同琥珀

许多存在，在这一瞬间相似共通
我知道唯心主义，也知道了灾难的注定

5. 小兽

它偶尔睁开眼睛，轻吼一声
看见所有的动物，没有回应

后来，它花了许多年睡去
直到洪水将它冲没

混在众多的尸体中
它听见，众人真伪的悲鸣

此刻，它才长大为一头猛兽
尽管，不愿虚伪地如此死去

7. 抓一把月光就飞吧

到了这个时候，我们在夜里播种月光
一粒一粒，在手中留存，然后撒下
——当然不会长出静谧的故乡

到了这个时候，我们在夜里养殖月亮
像养一只肥硕的蚕，等它结茧
犹如围困一万种相同的惆怅

是抽丝的时候了，慢慢的悠悠的
丝当然很快就够了，做一件披风吧
系上就会飞，然后朝地上大喊

抓一把月光就飞吧，想去哪就去哪
家，妈妈，或者回忆，天国，或者泥土
然后再回来，把披风摘下，把月光完好归还

8. 月亮和我

月亮在上，我的视听将是一口安静的袋子
如同击打一面小鼓，月光拍打它的肚子
今夜，我将忘记，忘记走过诡秘的丛林

今夜，我将想起
想起昨日只是一场势单力薄的游行
我的脑袋有迹可循

月光来到床上，鼓声来到床上
你来人间走上一回，也没有非要夜风相信
你不是越来越亮——就是越来越寂静

9. 时光见我如象

应该会有一些眼睛，在空气里睁开
看我，和你

比如时光，从来都是明目张胆
不曾躲避

像是遇见灵异的泉，对此永远痴迷
每一秒都不是前眼所见
后一眼刚刚赶至，倏忽即又跌在了
后后一眼的影子里
这是我看你

时光于是见我如象
竟也遗忘离去，在过去与将来之间
徘徊、犹疑

10. 寓言

事到如今
一朵花也依然是一朵花
生来独立
在荒野之中依照自己的样子
生长

在这一生里
生存与毁灭
都要尽可能地简化
以及明确
阳光明媚，雨水暗涨

12. 雨下吧

雨下吧
下吧下吧

下吧下吧下吧
下吧下吧下吧下吧
停
阳光眩晕了，躺在云上
而且这是棵树，也是我
在冬天的风里，很想它

如果太冷，就用我们的身体供暖

13. 我宁愿瘦骨嶙峋

一天三餐，准时不变
有人将鸡汤二话不说地灌下来
总有太多的人
扬起脖子来张开嘴大口吞咽
打一个漂亮的响嗝，彼此寒暄

我根本不想多言
这短暂而悠长的一生
我宁愿瘦骨嶙峋
如同一株站着枯死的合欢
只用枯瘦的残枝丈量心的纯洁
会有一天，风雨的冷漠来将我撕裂

我已将存世的数据收好
小心而隐秘地刻上了我的年轮
所以此时，死也无需多言

命（五首）

广西民族大学/赵山河

命

摊开手掌，依旧没有一条线通往：
金钱，权利，和女人
仿佛一条桥断裂，被标注了“此路不通”
红色警告，意味着这里存在极度危险的可能

分叉的掌纹像头发
分得越多，越接近营养不良

算命的说，四十岁我会官运亨通
途中会有大蛇拦路，老虎挡道：
你千万不要慌，用它们的皮过冬
把它们的头悬于横梁之下

我的母亲，信神、仙婆和算命的
他们说她八字不好，一辈子都是苦日子
我的母亲，就真的苦了一辈子

打烊

往后的每一天，让日头早点打烊
假如我能，像关掉一盏灯一样

随手关掉一个炎热的午后

让每天的日头提前打烊
把那个不停敲砖的影子，从热浪里打捞出来
假如我能，像从前随手把自己抛向远方一样
把所有砖头抛回，烧红的窑里
把扁平的匠刀抛入高温的熔炉，让它返回水的一种

暮色里的影子过于单薄，脆弱
日头打烊之后，让暮色也趁早打烊
假如我能，选择其中一个夜晚
从柜台找出五双筷子
把他的妻子和子女全部返还给他

水

一提到水，我就想起，你提不动的那些夜晚
那些沉甸甸的夜晚，像落日一样沉的夜晚
那时我是一尾游在水底的鱼
偶尔吐出几个水泡，但很快又湮灭
你提不动的夜晚，有许多个从我手中溅了出来
它们被甩到了楼梯的转角处
它们落入地板，温度下降了许多
那时你还是我的，我想你的时候
我就直截了当告诉你我想你了
现在我想你了，你是不知道的
你提不动的夜晚我都帮你提了
现在轮到我很多夜晚提不动了，但没人能帮我提
你在就好了
我帮你提了那么多个夜晚

于情于理你应该也会帮我提几个

没有人敲响凌晨四点的钟

没有人敲响凌晨四点的钟
没有人在凌晨四点的时候还走在回家的路上
没有人看得清路，除了照明的灯能够暂时
减缓黑色的空间的蔓延

但是在这样一个无人的时刻
那些温馨的灯火显然全都已经熄灭
那些被欲望塞满的人们
也都暂时沉睡过去
只有酒鬼和酒鬼，说着毫无逻辑的胡话

凌晨四点的钟和凌晨三点的钟，没什么两样
它们都只是一个平凡得不能再平凡的，时间
都只是秒针，分针，时针一扫而过的，方向
像一团鬼火扫过一座坟墓时那样简单，明了

复制、粘贴

最初的时候，我什么都没有
于是我开始复制你的血液
复制你的骨骼，肤色
复制这些，我不必花费任何成本

再大一些
我又复制你直挺挺的鼻子
复制你的眼神，复制你

因为一件小事就大动干戈的脾气
他们都说我跟你越来越像
我想这就是我复制你的缘故

四十岁之后，你开始放任胡茬生长
开始放任皱纹，生成游姿生动的鱼
你从未向我索要任何复制的费用
从不像街边的复印店，讹人

一条河流的成名史

成都艺术职业学院/朱光明

一条河流的出生
即便拥有格拉丹东大冰峰
冰雪融化的纯洁
一条河流的起点
即便拥有唐古拉山主峰
6542 米的海拔高度

想要以此成名
也是远远不够的
高原上，雪山下
不知名的河流
太多太多

一条河流它要
拖着涓涓细流之躯
在青藏高原上蜿蜒流淌
逃脱冰封的可能
躲避断流的命数

在进入横断山脉之后
不仅要懂得规避高山
懂得委身谷地
更要从容跃身峡谷

忍受5100米的巨大落差

一条河流的流经路线
向南走了，又向东走
向东走了，又向北走
向北走了，又向南走
如此循环，如此往复

一条河流没有捷径可走
一条河流把2401公里的直线
走成6397公里的弯路
一条河流要把一条弯路走到头

一直走到胸襟开阔起来
心怀大度起来
河床的容量，也由此增加起来
这样才容纳得下不同血脉的
岷江、嘉陵江、汉江、湘江、赣江
乌江、阮江……大大小小7000条支流

一直走到内心坚强起来，百毒不侵
这样才经得起重庆、武汉、南京
这些大城市的摧残
以及沿途化工、钢铁等工业的污染

一直走到态度坚决起来
不让二滩电站、山峡电站
葛洲坝电站的堤坝拦住
更不让洞庭湖、鄱阳湖、巢湖、太湖
的那一湾湾温柔之乡给留住

一条河流既有在横断山脉、巫山山脉
纵身峡谷的波涛澎湃
也有在川西高原、江汉平原
蜿蜒向晚的从容之态

一条河流把一条弯路走到尽头
一条河流流经 11 个省份
一条河流流域面积达 180 万平方千米
一条河流声名远扬
一条河流在上海汇入东海
一条河流在东海里物我两忘

无知囚禁（四首）

湖南涉外经济学院/刘　鑫

被无知囚禁

成功始终充满了遗憾
于是一群无知的人
仰拜成功学和心灵鸡汤
将无知洒满一地
就囚禁在美好的幻境里
贫穷囚禁了几个人
监狱囚禁了一群人
无知囚禁了一群将要被囚禁一生的人

当一个农民

爷爷不想再当农民
在深山里
在茅草木板房里
一切梦想远去
脸上没有表情怎能代表天真
种一辈子田却欠了一辈子债
至死也没有还清
父亲不想再当农民
去广东打工

直到失业也一事无成
留下残疾而又忧伤的身体
这个梦想太遥远
连路也十分艰难
我祈祷，
保佑走出农村

庄稼和学费

几亩土地的庄稼
约等于来年几分之一的学费
于是抓蝎子，失去一只手
等于半年的学费
可是学费还不够
黄土和深山是锁魂的命
一生和田野一样荒凉
学费的重担像索债的鬼
明年，明年，怎么办
这里还剩下几亩未开垦的庄稼

殊　途

这一刻的每一秒
步伐迎来拥抱
心跳和害羞的表情
不过是一个人
在青春年少的时候
人喜欢上妖
妖说我爱你
大地上的一片死亡你看见了吗
但我们注定殊途

群众演员（四首）

陕西师范大学/徐英杰

忽　略

我们总是忽略阳光的胎记，正如我们
忽略春天的第一株草
记忆被当作棉花塞进枕头
装得密不透风
偶尔也会有几朵羽毛漏出来
我们细心地拾起
猜想它还是一只天鹅时的模样
雨就在这时溢满屋檐
少女的心像雨落到伞面一样
沿着边缘荡漾如水

群众演员

他们从群众中来
他们就是群众
他们来自陋巷
他们来自街头
他们生于尘土
他们归于尘土
他们是沉默的大多数
他们用身体走过很长的路

我也在油画里见过这群艺术家
比如布雷东的《拾麦穗的女人》
比如米勒的《播种的男人》
比如耳朵缠着绷带的《梵高自画像》
他们是真正的艺术家
为生活而艺术
鞠躬尽瘁
死而不已

他们是最好的演员
一辈子都在演自己
兢兢业业
分文不取

馒头山

一个圆鼓鼓的山
很像少女的乳
如果这里的人
再深情一点
会叫乳峰
如果这里的人
再口语一点
会叫奶头山
可是这里的人
朴实了一点
更爱地里
蒸出来的
馒头

寒食节的苏东坡

灶台冷冰冰的，几天不见人间的烟火
中午吃了一个冷饼和半碟咸菜
蘸着几笔浓墨
便开始写跌倒的字
踉踉跄跄的手
像个八分的酒鬼，或是饿瘦的乞丐
哆哆嗦嗦地放起风筝
黄麻纸上的墨汁沿着那管瘦弱的狼毫
跌跌撞撞地起飞

他看着远处的鸟
越飞越小
缩成一滴黑色的痣
那个痣很像他夫人脖子上的那颗
他狂热拥吻过的那颗

只是，现在它已经安静地躺在寂寞的松岗
和着树根，和着秋雨，和着满山的
草色生活在一起

他想她了，尤其是在寒食节
没人烧火做饭的时候

黄土交响曲

中国社会科学院/李晓波

你在喧嚣体内翻腾
找寻安身立命的根据
土粒粘在湿湿的掌间
有蚂蚁噬过心尖的潮热
拇指食指熟稔地一捻
残骸也簌簌缀落

垂头坐在树枝下　一声不吭
将熟的玉米长着老人的须
灿灿的黄豆　裹着枯败的躯
老黄牛哞哞地叫声　缓缓而过
丰收　也如脚下的黄土地
有着如此残缺沉沦的气息

角落的耕犁　斜斜地倚着站立
深一条　浅一条的口子
赤红的铁锈　爬满身躯
你是盘古的化身吗
如若不是
怎也这般伤痕累累

光线　云层　晨曦
年轻的父亲和你　也曾

复苏沉睡雾霭的大地
抖落浅浅清凉的露珠
浅吻草木渐绿的骨骼
拂过万物以温柔话语

村庄浇铸着汗水破土而出
萧索寒碜的外形如此刻的你
我在你深深地注视中
抚摸远去　带着仪式般
拒绝传过你　从父亲的手中
以此为界　距离有了天南地北

你的背影以决绝地姿势
告别　沁透了血液的黄土
犹如积压太久下的喷发
黄土茵茵的侧影里
是生命的活跃和寂灭

“把贫穷带出去，财富带回来”
土墙上醒目耀眼的标语
鲜活在你心里　扎根发芽
机器的轰鸣声是寂静夜晚
演奏在头脑中的交响乐
白炽灯长长的射程里
你的眼中　世界再无黑夜

汗水在额头鼻翼跳跃
淌过你宽阔的面庞
年华以舞的姿态
在手指间完满倾泄

岁月的烙痕　踌躇辗转间
压弯你坚毅的脊柱
工厂的门在你背后结实紧闭

虫儿鸣叫　猫儿呓语
划破苍老的静寞
呼唤着你柔软的梦境

故乡在你心中衰老了
昏黄的煤油灯下
头发灰白　双腿弯曲
时光远了　近了　远了
飘忽不已

道路开始蹒跚颤抖
缓缓向两边让开
眼眸在你的手帕里
干了又湿
故乡啊　如你想的那样
依旧支撑在那里　而那片黄土
长在你皮肤纹路里的黄土
如不知你归来般
已兀自覆满荒草

这辉煌与阴冷的城市（四首）

北京大学/丁　鹏

失　眠

凌晨三点。突然惊醒
想起七岁那年，无人在家
雷声翻滚，密集的雨点
就要破窗而入，我猛地拉开窗帘
看到李树惊醒的脸
当时，我并不知道
李树下面埋过死人
就像此刻我不知道什么正在发生
这个压缩睡眠的时代
失眠却成为时代症候
而我是一株风吹草动
被惊醒的植物
害怕落单一般地
害怕成为暗夜独醒的人
被一只巨大的眼睛逼视
唯有虚张声势
伪装成一颗向内生长的石头
仿佛不需要睡眠、朋友和爱
仿佛从来如此

爱到做爱为止

那天，你排队进站，没有回头
我独自返回酒店
一路上，红日高悬
白衬衫在西风中显得单薄
我忽然邂逅我的影子

那是很多年前，遇见你时
你被簇拥如众星捧月
我低头看见我的影子
黯然无光、充满悲伤
我躲开你与你的朋友
将影子诱骗到偏僻地方
谋杀了它
从此，我走不同的路
不给世界看见我的孤独
没想到多年过去
影子重新行走在大地上

回到酒店
在一片狼藉中躺下
放入嘴里一颗你洗过的提子
太甜了！使我反感
我记得你从未在我怀里睡着
我困倦时总会背过身去

多数时候，我面对手机
不肯面对你

你的可爱
你为我付出的一切

秋天无可挽回
所有门窗关紧
爱到做爱为止
向前一步都不可饶恕
白衬衫沾染的口红
再也没能洗掉
我不知有多久
没梦到给你涂胭脂

雨不是雨

冰冷的雨不是雨。雨是沸腾的
弥漫的蒸汽烫伤等待的人
滚烫的大雨煎熬孤独的人

缠绵的雨不是雨。雨是残忍的
狂风是有力的手握紧鞭子
暴雨如注是你我躲不过的鞭刑

坠落的雨不是雨。雨是向上的
是江河湖海对天空的占领
是无效而无休无止的占领

物质的雨不是雨。雨是悲伤的
表情。我们在大地上行走
是难掩的涕泗横流的眼泪

无期徒刑

时间是一间光亮的囚室

金色的风在检阅一张白纸
我的影子举起精美的鞭子
清酒顺着黑发滴到胸膛上

那天，我走上街
举起炫目的世界
看见繁星穿过幽暗的海底

大雨透过辉煌的地心
我继续将自己举起
看见灵魂——虚弱的

三叶虫被我的躯体放逐
而心脏并没有一个窖藏
珍藏数亿年的时光

唯有一具枷锁。永不生锈

一朵云（四首）

山西师范大学/徐　行

一朵云

有一天，
我坐在路边，
看见一朵云。

一朵标致的云，
她飘得低，
慢慢地走，
迈着优雅的舞步。
她经过我的头顶，
她的阴影让我看出了她的
与众不同。

她对我说，
她要走到北方，
找一个周遭长满青草的小湖边，
去给他下一场正好的雨。

那时是高三

你一直期待这个冬天能下一场大雪，
这里的天空泛着寒冬的苍白。

你坐在我旁边，
我对你说，
下雪了。

你抬起头望向我，
又望向窗外，
哪有？你说。

你重又伏案，
扫走风雪的认真。
我知道你心中的雪花已飞舞，
洁洁白白洒满一地。

歌声和你

坐在屋顶，
听你说过的歌，
窝在这一片黑暗中。

揣摩歌的意思，
揣摩，你的意思，
反反复复，
一刻轻松，
一刻又厚重。

窝在黑暗中，
你的意思的确难懂，
反反复复，
如这夜般浓稠。

路灯突然亮了，
隐隐约约，
我恰好也就知道了。

夏天的雨

你能看见春与秋的影子偷偷混进
杂乱而热烈的天气
一天里藏下了三季！

尚未读懂你眼中的答案
有时只是你的笑容或怒气
更明白，更清晰

不想再纠结于道理和逻辑
希望也不会有挣扎，不会有苦涩的坚持
即使你们仍向往优异

愿自然发生，度过雨季

我害怕（四首）

华南师范大学/安　然

我怕鬼

2010年的春天，我还没有写诗
我还没有爱过一个男孩
我的初吻还在，被自己保管得妥妥的
连风也吹不到
我走在山城的雾里，看见夜里的人
打情骂俏，动作激烈
我被吓了个趔趄，夹紧双腿逃走了
我惊慌失措地讲给朋友听，她们说我遇见了鬼
我信了
往后的日子，我收到了很多信息
他们约我出去唱歌，随意唱
没有人是天生的歌唱家
吃饭，我说的算，吃什么都可以
散步，走累了可以坐在操场上数星星
他们陪着我
我说不去，我怕鬼
他们说我迷信，无中生有
我急了，明明你们心里有鬼呀

我的男人

我怎么可能看上你，还做了你的情人
在前生，莫非你是哪家的公子
风流倜傥却不拈花惹草
满腹经纶却不锋芒毕露
与朋友猜拳行酒令，却不酩酊大醉

我在家的极少时候，包括今年暑假
我学着妈妈的样子给你洗衣服
给你倒白开水解心里的毒
听你的唠叨，不想对谁负任何的责任
你看看现在的你
跟几个杀羊的老汉又喝了一瓶的老白干
给你使眼色，你就生气
给你打电话，到家就是一顿暴脾气
还自顾自地摔杯子
碎在地上的玻璃碴刺痛一家人的欢乐
你觉得这还不够，继续要你中年的性子
你趴在床上呕吐，多少年的悲伤都被你吐了出来
你骂人，却唯独不骂死去的亲人
我和妈妈都哭了，你也哭了

第二天你坐在饭桌前给我和妈妈夹菜
生命好像重新来过
你说要去看看山上的牛，还没等我吃完
你就换好了衣服
在前生，我怎么可能看上你，爸爸

我害怕

秋天提前进入冬天，婴儿
提前结束生命
燕山的雪花提前落在我的头发上
我害怕。我害怕的不仅仅是这些
我害怕数九寒天里的离别
我害怕在哪一时变成病入膏肓的病人
白发人送黑发人
我也害怕在不久的将来，变成别人的妻子
为柴米油盐忙碌，为凸起的小腹愤愤不平
说真的，在我害怕的诸多事情中
最害怕的就是事情的败露
我曾经做过那么多坏事，一定
惊扰了神灵，气坏了天地
他们是要惩罚我，要用我的一生来赎罪

原谅不美好

请原谅我的无情。这么早就用旧了身体
这么年轻就不再相信爱
这么快就把灵魂交给另一个人，好像天经地义
不需要任何拨乱反正

我曾经在深夜里诅咒一个人
在人潮汹涌的路口等待一个人
也曾翻箱倒柜，试图找出最好的借口
证明我还在接受，还在爱。爱祖国，爱人民
爱山河，爱杨柳岸的晓风残月

也爱远方的潮汐，尽管涨涨落落，此起彼伏
如同我的人生
风经过时，没有失去一点点潋滟的波光

夜的女儿（四首）

北京师范大学/武靖雅

歌

那晚你航一苇小船，
亮起暖黄的灯光，
在风雨飘摇的失落之海，
停泊我荒凉码头。

我爬进小船，
灯光告诉我这是永远的家，
茫茫无边的幽暗旅途，
我们的船就是抵达。

而你依然要离去，
赶去燃烧，熔断眷恋，
只身追寻你自己的荣光，
还不忘与人群大声和唱。

我在这里守着那两盏灯，
替你为人群编织自由的花冠，
一边等候你疲倦归来，
躺入小船闭上双眼，

当你熟睡时我不去亲吻你双眼，
以免惊扰你的梦，
我会安静守在一旁，
等待太阳升起，你自然醒来。

你醒来第一眼会看到笑容，
我已学会自己洗清绝望，
你曾经告诉我，不要急，
要怀着幸福歌唱着等待。

我会在这里等待——
等待永恒之光将我们穿透，
等待水融入水中，
等待火焰吞并火焰。

三月十四日

干枯的枝杈变成粉色，
一场粉红色的雪下过这里。
背后更高的树木依然干枯，
从三月初驶过的人们从不抬头。
我看着车窗外荒芜向后退去，
不知道春天是否会抵达。

哦，让我在枯草中倒地死去！
我要让春天从我胸口流血。

夜的女儿

我是黑夜的女儿，
不要给我哪怕一点点温暖。

我是黑夜的女儿，
温暖如火在我身上烧出空洞。
我是黑夜的女儿，
只懂得如何把冰握得更坚硬。

这黑夜的女儿，
黑暗在烧出的洞口穿行渗透，
丝丝入骨。
依然在每个夜晚敛翅入睡，
睡梦中一场大火蔓延无尽，
火光每跳跃一下，
黑暗就有一次切肤之痛。

纵火者吹灭灰烬疲惫而去，
留下黑夜一身的窟窿，
受温暖之伤的女儿无力还击，
依然在故国赤脚前行。

这是一条没有尽头的道路，
黑夜包裹着黑夜，
女儿伤痕累累。

约伯之歌

我借我母亲的腹出生，
这就是我所犯下的
最不可饶恕的罪恶。
母亲啊，我本该是
火星迸裂的坠落。
你伸出手，

就是拉扯住痛苦。

不要试图从死神手中
救回拉撒路，
她一朝属于死亡，
就永远属于死亡。
她回到大地上哭泣，行走，
微笑，接受人们的祝福，
也祝福别人。
她在大地上继续与人们相爱，
并说，既不畏惧死，
也不必畏惧生。
生命不过是，
死亡掌心的一场游戏。

不问归期（三首）

山东省菏泽学院/金小杰

隐 痛

老纪去了云南，一个叫广南县的小城
盛产水稻和云彩，还有甜到心的果子
从扛着全站仪胡子拉碴地下乡
一路做到当地的项目经理
测过山，量过水
更丈量过云南的十万里云彩

老纪想要回家
放工后蹲在山头抽烟，看足了猫眼蓝的天空
七八月的雨季泪水连绵
他站在厕所，看云彩压着云彩
一边嘘嘘，一边骂当地的米线
吃得他瘦成一根半透明的粉丝
但至少要让自己看上去很好
这是他的原话

没去过昆明，更没到过大理
只想回老家山东
但还是会每天站在院子里看云看太阳
他比我更像个诗人。劝他写诗

他说怕疼，写诗就像解剖，会出血
下不了手，毕竟他这么爱自己

叼着旱烟棒的老纪还在云南
云南的云彩已经被他看了一个遍
我在山东，替他写诗，替他痛
怕疼的老纪这辈子终究只能看云
写不成诗

苦衷

小丽和我同岁，属羊，本命年
本命年犯太岁，宜穿红
我在腕上系了一根红手链
小丽去民政局领了两个红本本
二十四岁这年
我在读书，她要结婚

小丽八年前就去了青岛
干过餐饮，当过销售，一直在给别人打工
从一个工厂转移到另一个工厂
阵地在不断地沦陷
她说，干苦力，赚不到钱
一边工作，一边抱怨
一晃就是八年

小丽处过很多对象
看过电影，买过衣服，去过海边
最终因为钱的问题不欢而散
最后一个对象是包装厂工人

用一辆价值十万元的小车
招摇撞骗蒙住小丽的双眼

对着镜子涂上大红的劣质口红
涂成一道深可见骨触目惊心的伤
“小青年的爱情就是这样简单”
说得她好像比我早生十年
小丽经常相亲，但不知道什么是爱情
我有过很多爱情，但不确定什么是婚姻
二十四岁这年
小丽嫁给了一个她不爱的男人
我正谈着一场不咸不淡不知结果的爱情

姐　姐

姐姐要去日本
不是旅游
而是务工

三十六岁的姐姐抛下不满一岁的孩子
揣着几句生硬的日语走得潇洒
第一次坐飞机，第一次跨海
第一次站在东京街头看樱花

日子过得不尴不尬
横穿人群不发一言装成哑巴
水涨船高的不只是码头的潮汛
还有菜市场节节攀高的菜价

白开水加咸菜打发着日子

剥牡蛎的手指肿得发白
晚上和小妹妹在网上聊天
“姐姐在国外一切都好”
嬉皮笑脸地打着哈哈

姐姐说三年期满后回国
回国后再去新加坡
我只想问问姐姐
什么时候回家

过　年

南昌大学/林玉梅

1

早晨
一只鸡走到菜刀面前
自尽了
鲜红的血溅在纸钱上
爸爸说
那叫“血钱”
鸡没哭，我也没哭
因为它是
带着“血钱”去给爷爷
送红包，拜年

2

上午
妈妈在和水池里的一条鱼
争吵
“你在水里，我怎么洗衣服?”
“我晚上再去锅里躺着”
妈妈答应了
“那我去看看你河里的朋友吧”

于是
一桶衣服也跟着去了

3

中午
我把牛牵到
田里
它抬头
对着阳光微笑
然后继续低头啃草
把花
也吃进肚子里
那是春天
给它准备的年夜饭

4

傍晚
弟弟把家里的狗
捉弄了一番
点了一串长长的鞭炮
它吓得夹起尾巴
跑了
它不知道
受过这阵惊吓后不久
就可以吃一顿大餐
再回来
只顾着和
那散落一地的

爆竹屑玩耍

5

晚上
我们围坐着
在听一桌子菜讲
一年里的故事
故事讲完了
菜就去和米饭
团聚
猫听不懂
只顾着流口水
奶奶夹了一大块肉给它
让家里的老鼠
也安心过了一个好年

一个城镇的生活意见（三首）

广东省韶关学院/陈曼毓

村庄说起年轻

我住过的那个村庄近几年老得迅速
小时候我荡过的秋千上了岁数陪她老去
我和我的父母，祖上一代又一代
曾是她哺育的孩子，如今长大还是太任性
每个人都不止一次以爱的名义欺骗她
我们会回来，会把土地种在她的怀抱

唯荒草丛生的稻田，空荡的房子
无人碾过痕迹的街，记住她的岁数
这一群孩子长大了变坏了，村庄变老了
她只能坐在空阔的土地上，从月圆到月缺，不肯老去

有一晚，村庄梦见我们八月十五回来
我们搀扶她的臂弯，走得很慢，很慢
一条一条小巷地穿过，追到了月圆
铁轨上的火车呼啸而过田埂
把我们甩到远远的偏僻乡路
村庄笑了，那一晚，她分外年轻
池塘的水晕为她画上一个淡妆

可是现在村庄空荡荡的，她枯萎了
我找寻她年轻时的体态，了无音讯

一个城镇的生活意见

阳光大道旁的幸福小区住宅门口贴着标语
“你想过上城市生活，只能拼”
城里的行人瞥了一眼，提示被不屑嘲笑
一声声无奈堆积成冬天的雾霾
谁都想在艰难的呼吸里找到喘气的场所

城中村里的贾大叔，他是个拾荒者
捡起城市大街被丢弃的传单，塑料瓶，或者责任
运气好时会拾到一毛五角一块
他盘算着将这些钱积攒成一笔财富，用来温饱
想起那时生活很慢，一毛一根油条乐此不疲
最潦倒时垃圾堆里别人吃剩的米饭，他也吃过

他不识字，拼字写得完整与方正
甚至每一次屈膝，都在数着拼字的笔画
他把此生的力与气全给了拼，却养不起一个家
城市狂欢过后，香烟是贾大叔的全部
他吸气时，一半是氧气，一半是尘土飞扬
当他吐气，像极我的父亲
缠绕的烟雾，好比拼了一生
在城里的钢筋混凝土里换来的居所
那样虚幻与真实，那样让人想起尊严

城镇度过了春困，夏燥，秋乏，冬眠
它是沉默的象征，像一尊无声的雕像存在
懂不懂得生活的人都听懂它的意见

比如我，对生活一知半解
时常在一片荒芜的土地上听到花开的声音
在城镇的生活里听到成家立业的未来

抑或贾大叔，我的父亲，他们还有她们
为了这一生，听懂了很多冗长的建议

崭新的理所当然

在21号台风来临时，我回到农村的家
古老的房屋在台风的猛打下泣不成声
屋檐下那几点污渍逃不过此劫
在雨中支离破碎，正如我身上两百零六块骨头
规规矩矩地躺在一具人体中——那是我的脆弱

风越来越是目中无人的盗窃者
我躲藏在半个世纪前的老式木床上
听它四条方正的腿在变坏
我想起一种输入法，用言语抚慰这陈旧的一切
五个小时过后，我只是徒劳
复制不了它的构造，也粘贴不出形状

灾后建设类股票正等着被炒作
一群人在争吵，辨析经济的风险
有人忘了，这个夏天是发了烧的身体
一场风暴正以更快的速度袭来
有些人，迟早总是要跨掉的
我的爱也迟早要枯萎了

崭新的一切理所当然也会光临我们
废墟之上，新砌的房子在悄悄长大

第一人称（六首）

陕西理工学院/程　川

比如，青海

很多地方还没抵达，比如：青海
地图上的空旷，小于一个省的慈悲与信仰

比如：牧场。一匹打着响鼻的马
把蹄子伸进草原的心脏

比如云朵，伸出太阳
天空，在一只鹰的翅膀上搁浅

比如：二十四个小时的车程
闪电和雷声回应着孤独，唯独雨声在窗外走着
白天惦挂的母亲，今夜一片死海

想起一位至亲

五月，你让我帮你订一张开往青海的火车票
那么大的省，却没告诉我地名

五月，我不忠不孝、不仁不义
已经厌倦了你们的战争，所以也只能怨天尤人

五月，途经汉中，你并没来找我
临行前在西安打来电话，谈到这些年中的毒
早已是心灰意冷，不如各安天命

五月，还未把眼里的水修炼成青海湖
沿着湖走，不远处就是建筑工地
摸着星辰做完早饭，赶紧戴上手套和安全帽
没有时间像那些虔诚的藏民
揪住自己的苦难，一圈一圈，不肯放手

五月，我在电脑上养了几首小诗
夜深人静时，不能像纸一样，拿来擦拭眼泪

武汉行

逛晴川阁，户部巷，黄鹤楼，寄明信片
顺便摸了一把长江
没能够抓住她的魂魄，满手的尸体
是死的

是我曲折往复的少年，穿过鄂西北层层隧道
饱受黑暗和光亮的一次次剥削
最终遗留下来的

——既不是荷花，也不是垂柳
当你咬住嘴唇，轻轻戳破那个绕口的词语时
瞬间的电击，譬如昙花一现

是痛的，青春的。有关小学课本中谈及的

有时叫它历史，有时却是诗歌
有时是一个地名，这辈子就只去那么一次而已

夜火车

在我深居简出的小城，每夜都有火车驶过
只有夜里，那种躁动的汽笛
才能冲出栅栏的束缚，把上千人的疲倦和心事
传向站外每一双饱受失眠侵扰的耳朵里

而我时常虚构着自己等候夜火车的场景：
流水线上的人群被喇叭声层层拨开
我却迷恋于安静的等待
时间在我身上尽情徘徊、逗留、折回

或许从不曾离开过此地，像一个简陋的圈套
只是静静地伏在床板上听候夜色差遣
在这饱受失眠的日子里
我曾去过许多陌生的地方，每一次都是
当作最后一次。并在一根苦瓜面前立下重誓：

如果明天是甜的，我就把铅笔折断
按揭买套房，学习谋生之术，从此便好好做人

即景，乡村夜晚

我家门前的夜晚通往四川
而孤单在远方，被思念牢牢钉在木栅栏上
活着的人，多年后
还是会回到这里

现在，整座村庄只有狗吠跪在门外
目睹着夜晚安详睡去

也许我该站在玻璃窗里
抽烟喝酒，谈论一种化痰止咳的爱情
等到万家灯火拾起黑暗
村口的瞎子用目光挑破夜色后
再出去逛逛。那时
火车将独自穿行于夜晚的腹部
下落不明的雨水沿着铁轨
浅唱低吟。我身边，始终空空如也——

留守的庄稼守护着农药
生锈的性欲鸠占巢穴
很多人只剩下一座过时的坟墓
它们匍匐在夜色脚下
会用头顶枯黄的茅草告诉你：
此人与这个世界已经多久没有再保持联系

第一人称

长久以来，我已沦为自己的替身
父母联系的中转站
矛盾的缓冲带，亲情的桥梁……
但战争却从未停止过
很多时候，以冷战闻名的爱情放下了革命的屠刀
他们站在房间两端
如同两根相互平行的电线

而我身穿绝缘体外套

如同不称职的跳梁小丑
尽力斡旋着那些正负相克的电子碰撞
试图避开同一条轨道
让他们远离寂静的灼烧
生活对我来说早已成为逢赌必输的棋局
我穿着我的肉身
奔波于寻找影子的路上

夜色还未完全笼罩这片大地
黄昏凝结了凉意
我坐在门口的松花石上抽烟，隔夜的路灯
使我没躲过命运的鞭笞
他们从塑胶外壳里夺框而出
将影子狠狠摔在地上
也只有那时，我才宁愿多坐会儿
看看无休止的沉默到底长着一副什么模样

伪造的悼词（三首）

暨南大学/蒋静米

饥　饿

饥饿曾经吞掉了一头大象
饥饿曾经嚼碎了一个儿子　一个父亲
一个早衰的王朝
饥饿掠夺了人们手里的火把
尤其是当尼采也缺乏面包的时候
饥饿没有机会挟持我们
我们都过早地了解到胃疼的美妙

洪　水

我曾经是个认真的商贩
出售我的贫乏、失败和愚蠢梦想
也曾经有人爱我
像他爱贫乏与失败本身
我们该有一间自己的屋子
由灰尘　光线和汗渍组成
星期一你打扫窗户
听见小孩的骨头生长

目盲的人才有歌可唱

我们所见甚多　所知甚少

“我们的命运太坏”
到了告别的时候
要大醉　要执手相看　要说肉麻话
然后去早餐摊
热豆浆催醒睡眼

失败是我们的事业
直到你厌倦在洪水里漂流
你站在摇摇欲坠的窗口
并没有看到结局

后来我发誓不同任何人交易
粮食、布匹和包裹都沉没
还有高空飞行表演者的尸体
害怕他们试图收购
最后一个坚定的失败者的信念

伪造的悼词

从雨中取出你的汗和眼泪
从木质长椅中取出惊弓之鸟的啼叫
从《辞源》中取出桃花扇和珍珠塔
从农夫山泉中取出一千座人造岛屿
从秋瑾故居取回展览完的血
从鹿山公园取回伪造的尸衣、真的悼词
从指节里取出悲歌
从唇缝里取出弥天大谎
从故居娶回新娘

而喂养过你的那棵枣树
已疾病缠身
长满黄绿色的
害虫
它在春天银行存的那笔钱
都在你幼年的竹竿下
被不肖子孙索取
信用卡已经透支
你终于成了个亡命之徒：
快，给我
还要更多

把花插进枪管里（三首）

首都师范大学/郭紫莹

麇集于声音之上

听说，我的头发里，有一杯深蓝安谧栖居
因为你藏着海的眼，咸咸思念的笛声（远了又近）
听说，你看不到我的眼底，只有心底会比它澄澈
那里的河流，在这里经过（它们原本相通）
听说，有一种言语可以独立行走
从打翻黎明染红的沙滩
到抚平月光刻满的褶皱（用你柔软的哄骗）
目光在黑夜里把海浪的拍击收集
捧着捧着捧着捧着（心口的湿气）
在密林尽头，跌倒，
丢了丢了丢了丢了（没有寻物启事）
我被你的梦惊醒，是我在深海里不小心的迷失，
“我给你指错了路”（你的泪痕是最近的地图）
听说，在心跳上麇集的，还会重新出走。

把花插进枪管里

在羊群脚下，土壤里无战事
黎明是黑夜的伤口，撕裂的
人们，触摸不到大地的伤痛

树林里，只有一类人
活着的，与消逝的光相对

冰冷的钢枪亲吻过子弹的足尖
像表白过后忽然羞红的
滚烫的脸，手里还有
村庄的小男孩送来的半个核桃
他躺在我身前，黑色的骨骼
在灰烬中吱吱作响
核桃比男孩身体的温度还要热

战争排练的间隙
风把花插进枪管里
紧握枪管的双手
下面沾满炮烟、杀戮与血腥
上面只有花蕊

罪恶是无法用鲜花修饰的
美却可以
枪管是最美的花瓶
它胜过一切正直的根茎

一切的一切的一切

今早我是两只刺猬

梦还没写完的须臾，空气是阴冷的蓝色
镜子里的我，在破碎的角度里
是一只刺猬，和另一只刺猬

我久治不愈的感冒
溺死在清晨的积水里
抽纸比昨晚的厚度少了许多
刺猬的窝是纯白的，厚实又暖和

一只刺猬拉开未来得及锁上的眼睑
向邮筒里投递面对世界的质疑
另一只刺猬蹲坐在井边，打捞我的舌头
沉默的答案是唯一的原理

他们一滚一停，一摇一晃
刺上长满夜半惊悸后的山果
储藏在春天的潮湿里
变成珍珠

今早，两只刺猬全都苏醒
一只比另一只起得更早

数码的你

广州大学/陈思亮

1. 冰山对谈

并非像素里的风光，
他们是从未离线的两座冰山，
解压出一墙尴尬人的舌苔。
密谋的默剧开始缓存：
体面将被收藏为失效的域名，
指甲壳无法双击云端的碎片，
便只能在浏览器里下载数场异次元的春梦，
纷纷丢失了验证码。
一座开始祈祷，
祈祷不断删除的你。
一座开始拥抱，
拥抱未曾存档的自己。

2. 暴力乌托邦

起来，不愿做奴隶的账号，
搜索他们的血肉，
登录我们新的乌托邦。

3. 电的死亡

城市的心电图潮汐尽退，
我们被现代文明烤热至死，
直到在荧幕的微光中超度为孤儿。
在漫天的辐射下恢复出厂设置，
密码的时间流刷新倒计时，
这是少数派原生的备份：
呢喃着“我愿被复制为信号的连体婴。”
猩红的警示成为最肆虐的渲染，
只能由脾肺间的路由器推送出尖锐的脏话，
却无法卸载此夜无垠的凄黯。
徒留那些机械化的耳鬓厮磨。
“只有更少的怀疑才能淹没怀疑，
只有更多的热爱才能抹平热爱。”

4. 数码谋杀案

因为啃食了腐坏的苹果，
脱落的蓝牙再也无法哼吟沙哑的谷歌，
只能骇入你无人问津的主页：
复制、粘贴、剪切、再剪切，
直到显示屏溢出塑料变色龙，
预示着非官方的安全感被归档，
构筑成困囿众生的晶片集中营。

没有什么可以避免：
十一月窃拍的透明风景、
新建崩塌的迷乱思绪、

就快要干涸成形的通话记录，
都会在持续的静音里加载成聒噪的白。

除了格式化别无选择。
因为你不是你，
你是数码的你。

午后阳台除草（四首）

重庆长江师范学院/刘亚兰

菜农的买卖

只是路，摆着摆着就成了摊
一筐子一背篓的苦累被娴熟地铺展
然后席地而坐，好多日子都裹进烟卷
在等待中点燃，红透，化成灰烬

等待，等待，把一捆一捆的绿解开
那些绿里，一张张细小的叶子
绣满太阳的毒辣和雨雪的无情
如果你看见，什么也别说
请小心翼翼地带走

老房子

离开那天是无风的
风搬走了炊烟、鸡鸣和稻香
还有一些沉甸甸的时光
撇下孤寂的老房子

普照万物的光芒啊
用你的热烈温暖它们吧
像怀抱每一栋高楼大厦

别只甩下一片阴影

披上黑影，房子愈像坟墓
冰冷之墙爬满青苔的墓碑
和时间撰写的碑文

午后阳台除草

一株杂草
沿花盆向四周伸展
它的繁茂是不必要的
当我伸出手像要拔一颗钉子
一股来自褐色泥土深处的力量
从根到茎，一涌而起
在生与死的斗争中
折断的伤口喷发出熟悉的气味
熟悉得让我战栗
熟悉得让我生出歉意

声　音

声音躲过时空的盘查
一部分来到窗外
隐隐约约
用亲昵的呼唤敲打梦中人的窗户

夜的黑把梦滋养
梦的藤蔓把人缠绕
声音无可奈何
含着眼泪
自己向自己诉说

摇篮曲（二首）

四川省西华师范大学/藏　马

失　眠

不停地转动身体
不可遏制地回想和失去
在凌晨
在火车发动或经过
的汽笛声中忘记想象
不用在意一些细节
比如今夜的水龙头究竟浪费了多少滴水
比如今夜的他们在梦时
念叨的那个人在哪张床上安睡
比如……但我可以清晰地分辨
每个人的呼吸节奏
我可以用一整夜的时间
回想——思考——回想
分辨——失去——分辨
我有整整一夜的时间来想象某一个人
在睡梦中会遇见什么
但长久以来的乖巧使我早已忘记了想象
唯一能想到的便是失去
我失去了梦的可能
我失去了遇见的可能

我失去了安睡的时间
我失去了某一首诗

摇篮曲

柴烟从空荡荡的灶房毫无阻碍地找到我在卧室燃起的烟
柴烟也称炊烟，是饥饿的代名词，是童年我和弟弟最期待也最怕见到的东西
墙壁上的毛笔字属于过去这个时间和空间范畴
很多人都不再提及过去，阿贝尔不愿意，海子不愿意……
有时候提及过去就像把自己从草木灰中剔选出来，麻烦，困难也容易让人尴尬地咧嘴
我的卧室里有很多过去，母亲的嫁妆——我和我木床，以及我衣服的卧室
我的卧室也属于过去，属于一个男人精神分解的时间节点，属于一个女人挑起两个儿子的扁担
卧室里的灯是前两天刚换上的，窗外打完麻将回家的表姐的衣服也是那天换上的。
换上节能灯之后我周边的这些过去比在煤油灯下更清晰了
衣柜上1993年的猪肝色油漆褪色了，梳妆架上的镜子已完成了使命
母亲的嫁妆所剩无几了，只有我还是新的，越来越新，越来越巨大，总有一天可以大到足够弥补她脱落的油漆嫁妆，大到可以扶住她终将弯成弓的背壳

万物生长

天津商业大学/毛彦明

世界，你一片昏暗，而生活本身就是闪电。

——［墨西哥］帕斯

I

更多的理想主义歌者，燃烧的透明的眼睛
我们在四月受难的天空相遇了。
如同向晚沉醉的荒原——你接受了
那么沉重的泥土

那陪着万物苏醒的——春天——
逆转的解冻的河流，他告诉我的每一个
饥饿的内罗毕，和千万即将受孕的个体
从皲裂的土地上滋生
而我竟写不出：
那曾使我学会咆哮并且包扎疼痛的词语

暮晚。恶的云倒挂在沉默的夜空
房屋逐渐缩小，黑暗的介质。玻璃杯上擦出
回声。所有为生活而精心打磨的修辞，
没有人知道——
这是我引以为荣却致命的禀赋

Ⅱ

我的阳台对面是大片大片的苇草
绿的湖。以及困在橘黄色衣服里的环卫
大叔。无数次我看到上弦月对着沉默的星辰
凶神恶煞。黄昏之后——
它蓝紫色的火焰射向午夜拥挤的星空。

万人都在自制的茧里挣扎
在他们透风的木窗里。过多的光在相互
拥挤。在这狭小的空间
他们膨胀、争吵、相互妒忌

无数次我梦见自己
搭乘无牌的摩的驶入瘦死的路口。

多年以后，在某个衰败的线装书封皮上
我捕捉到一个逃出扉页的繁体词：拒绝。
万物滋长，我仿佛看见了夜空下一些模糊
受伤，却煽动的翅膀。

Ⅲ

"怎样的召唤，才能使你保持温顺的步调?"
我无法回答。而与此同时——
百合在破壳的黎明中睁开眼睛，历史在惨白的向隅
血流如注。这一次：我的确察觉了
那扼住这个民族咽喉的枷锁
竟然如此沉重。

我们都在骄傲的擂台上
练习生存。我们彼此互为陌生却相互取暖
如同你同落单的乙未年
和所有互不熟悉的人，包括脚下的土地
一次次纠缠不清。

其实更多的时候：
我想，我本不该在码头的小仓库门口
交换那颗笃信爱和真理的石头。或许在一切
虚伪和歌颂的火焰里
它是唯一纯粹而坚硬的骨头。

Ⅳ

时间最终教会我一切隐忍的术语
和失眠无关。没有人比我自己更清楚：
眼前这打开的心脏般的交叉路口
这滚烫的血管一样滑行而去的羊肠小道，
我到底——该选哪一条。

我和这个时代所有的温存与仇恨保持平行
无论怎样深沉而凝重的风暴，都无法毁灭我
在内心的荒土上建起的城堡。就像无法伤害我
在万物绝收的年代里跌落在襁褓的父亲——
他从此烙在肋骨里渐次明晰的荣耀和饥饿

我们还有多少面足够坚固的镜子
多少健康的肺部。多少香格里拉。多少用以表演
的台词和道具。我也知道：
万物生长，一切都将在这个晴朗的夜晚
更为清晰。

箴言（节选）

中国劳动关系学院/西　哑

Ⅱ

放弃警惕是夜里生物唯一的习惯。

借走波斯猫的眼睛交给清油灯光。而反复被打磨的灯光需要照亮——它走错的叫声不应当被门外的斑鸠斥责。

斥责是另一种猎奇。

木鱼不宜在停止呼吸前游荡在某片树林中。

Ⅲ

伐木的人遇见盗墓的人。他们默不作声。无论今晚天上挂的是伐木工具，还是汉朝张骞和西域女人偷情留下的信物——弯形月牙刀和汉白玉。

谈论树的纹理和文物的历史谁都不擅长。

但伐木的人曾在树的上下打量——这个树是一棵女树，我曾试图用斧子寻找她的性器官。

盗墓的人确实感到委屈。因为他一直不明白：楼兰公主应当是黄色人种，而不是高加索的移民。我见过汉白玉就夹在木乃伊的腋下。

罢了。罢了。

谈论女人我们也不擅长。

V

在善良之夜。白天鹅笃信爱情，只有夜晚是交媾最美丽的时刻。
谁偷走燧火？在河的对面人类假寐。
妥当地讲述白天鹅的故事。

VI

摇着木铎的人。打更的人。讲故事的人。
失眠的人。梦里打嗝放屁的人。夜里准备放火的人。
喝酒的人。说诗的人：
世界如斯安静。

并总结：

我们当和美丽的箴言一道
远离众多鸟类啄食食品的场所。

段家庄笔记（四首）

山东省济宁学院/木　秋

紧张画面

小时候养不起牛，母亲就是牛
一手拉着犁头，一手握紧拳头
父亲扶犁很紧张，生怕日子歪了
父亲还得暗暗往前推着，用全力
怕土太硬，怕母亲撑不到最后
我在新翻的土里撒上种子，埋下收成
有时他们走远了，我就小步跟上
也不能大意，多了少了都会歉收
有时母亲累了，回头看一看父亲
父亲停下来，回头看一看我
那一刻，我突然也很紧张

上　坟

母亲从不上坟，村里的女人不允许上坟
夏天一过，我就带着新麦做的馒头去上坟
给爷爷上过坟
给爷爷墓前的石头上过坟
我不敢在那哭，我怕也会被埋进去
母亲总会把祭品检查好几遍

酒，纸钱，菜肴，水果，馒头
人间有的，一样不能少
“祭了酒，再烧纸，每个馒头都要分到
坟头没纸的也要送点过去，在那个世界没有贫富
对了，纸烧完才能离开，不准回头”
一个人上坟的时候，我会想起这些唠叨
我会看到那些荒草慢慢长满坟头
就像父亲离家后那些草长满房顶
母亲爬不上去，我也爬不上去
只能看着这个家慢慢漏雨，潮湿但并不完全荒芜
我盼着父亲在一年的最后几天回来
拉着我一起去上坟，一起把房子修好
母亲没法和我一起上坟，村里的女人不能上坟
尽管她们最后都会埋在这里，和父亲一样

去镇里上学

要翻两座山，从八岁到十三岁
那时候上学父母不接送
地里忙，地里的父母一生都忙
炒个鸡蛋卷个煎饼，就是午餐
有时油从煎饼里渗了出来，满书包都是
母亲就趁着夜色洗书包，一洗一辈子
赶上天气不好，母亲下不了床
我就提着个破塑料袋去上学
油会从塑料袋渗进我的童年
不用管了，油的丑的，都是一天

去镇里上学，从早上六点走到八点
有时遇上大雪，就得点着月亮赶路

我和妹妹带着早餐午餐走进雪里
一个鸡蛋，两张煎饼
有时我走在前面，走几步回头看看妹妹
有时妹妹走在前面，走几步回头看看我

当我老了

当我老了，我一定要回到段家庄
和那些无人看养的野狗野猫住一起
无所谓流浪，每块石头都会成为故乡
我会在吃水的井边搭一个草房子
让它们喝水时进来坐会儿
随便告诉我麦子熟了多少
告诉我树上的鸟儿找没找对象

当我老了，我不会拔掉门前的野草
就让它们长，顺着童年长进院子
和那些走失的鸟儿一起触摸天空
我会记不住初恋女友的名字
会忘掉打过工的流水线工厂
但我不会离开这个逐渐年迈的村庄
当我老了，村口那棵老榆树也就站不稳了
我会过去扶一扶它，相互喊一声，娘

草木春秋与传统隐喻（四首）

贵州民族大学/西　伯

日　出

太阳从洒满露珠的山岳升起，风从河道吹来
一丝清新一丝冰凉
我们变得越来越小，在日光之下搭车，旅行，工作
流水薄凉，并不理会日光的触须
我们清晨起床，深夜入睡
像是一场日出与日落的追逐

城春草木深

必要的时候，回到城春草木深时
城乡公交驶向空旷的原野
稻田里，农人无视春光
脊背弯成了镰刀
绿金属梧桐站在公路边，反射的光穿透青铜
空气、日光。白昼越来越长
风急急地往原野窜去，孩子在田野间奔跑
从城东到城西，街道与喧嚣的人群
并无改变。繁华的是城，也是春深处
喧闹的绿植。就连公交站台
路边夹缝中，绿色的小草也

伸出了尖尖的头

人 群

在喧嚣的街道，人群如同群鸦
我必然要保持沉默，当我牵起你的手
世界像一个杂乱的迷团

有时，势必要放开你的手
人群熙熙攘攘
他们混乱、喧闹，表现出城市
巨大的胃口，囫囵吞下所有故事

走在城市，你会走在我的右边
一千步，一万步
我们的旅行，仅仅是在人群中
看看狭隘的风景

果 实

偶尔下起一场秋雨，秋叶看一眼挂在树枝上的果实
独自凋零。风自顾自地吹，从北到南
从西到东，杀死过多的欲望。
孤零零的果实，是花朵的上升
是日光、是雨水。最后，肉体丰盈
我们站在树下张望，黄金的颜色钻进呼吸之间
是时候了，摘下果实，吃掉果实
几番轮回，我们也就成了肉体丰盈的
大地的果实

在 T231 次列车上

中国青年政治学院/程　沛

看不见起伏的山峦，窗外仅仅只有黑夜
无数的光线，许是还在赶来的途中
人啊，就算能活一百岁，又有多少机会相遇？
而火车只在站台停留一刻钟或者更短——
它自然更无法真实地穿透站台里最细腻的经纬
在外地读书这些年，我没有去过很多地方
尽管心路走了很远，但外面的世界真的与我无关
在仅有几次长途跋涉中，还那么不小心地
丢失了诗人宝贵的天真，丢失了许许多多第一次
故乡越走越远，我也越来越摸不到自己的心跳
我不知道到底是谁遗弃了谁，谁又要与全世界为敌？
我在黑夜中一次又一次地妥协
渐渐学会把自己摆在最安全的位置
看不到光的时候，也就不去相信别人
藏好钱包、手机，泪水也只躲到无人的地方去流
我竭力地保持泥土的真诚和吐纳的憨厚
保留少时睡觉爱打呼噜的习惯
在穿越大半个中国的途中，紧挨着自己的耳眉
不管那正在颠簸的梦要把我带到哪里
而我的悲伤，早已根植于眼底最黑色的部分
只呼吸里残留的期待，跟列车上吵闹的乡党一样无眠

女子宿舍（二首）

陕西省渭南师范学院/高短短

女子宿舍

她们像飞蛾
满心扑向了闪烁的城市
她们化妆，用捡来的铅笔
过期的口红。她们背井离乡
亡夫或者，被故乡抛弃
她们目不识丁，不能做高级些的工作
不得不向收留她们的城市
出售自已用不完的力气
拥挤的劳动力市场
有的人被以五十元一天的薪资领走
有的人在市场上从早站到晚
有的人站着站着就倒了下去
再也没有站起来
她们年老色衰，除了一副完好的骨架
再没有多余的，可以磨损的东西
白天她们在烈日下，像男人一样
为了一顿饭不停地劳作
而夜晚的另一个定义
是两块钱一晚的女子宿舍
她们住高低床，两个人挤在一起

用啤酒箱，砖头，废纸板
床单肮脏破旧，没有了本色
她们喝酒，对同伴说有家不能回
年轻的女人会得到，来自对面的
男子宿舍里，单身老男人的青睐
但事情并没有好转。那些男人也一样
被浸泡在贫穷的阴霾里
哦，还有什么能比得过她们的命根子呢
要命的钱，救命的钱
她们将仅有的，零碎的钞票
收在行囊里，贴身的衣服里
内裤的口袋里。每个人都为钱活着
而正因为如此，每一天都异常艰难
她们多次离开，又多次回来
与两块钱一晚上的女子宿舍纠缠不清
她们是一群没人在意的老女人
她们结过婚，有过孩子
大年三十和家人在温暖的灯光下吃过饭
她们是一群普通的老女人
和邻居骂过架
第一次进城不知道公厕在哪
说蹩脚的普通话
她们是一群伟大的老女人
像我的外婆，妈妈，姨妈

梦

我们中间的一个人不见了
家里的厨房没有
院子里，也没有

她的声音消失了
从前的嘻笑和怒骂
全都没有了

——那个人，是母亲

就是这样一个梦
让我号啕大哭着醒来

拨通母亲的电话
铃响之后，那熟悉的声音传来
在厨房里，母亲用铲子翻炒着什么

我和母亲在电话两端
大声地问候着彼此
她的聒噪和慰问
一起挤进我幸福的耳朵

这一刻我多么幸运
她还没有离开
我的问候还有一处安放

我的号啕大哭，也只是虚惊一场

车站偶遇（五首）

昆明医科大学/陈　墨

怀　念

那条我们曾经走过的乡间林荫路
空气依然冰凉，仿佛有冰块消融在空中
风吹过青色的禾苗
倒向曾经被你抚摸过的方向
几只黄色的蜻蜓停留在眼前盘旋
寻觅着那年你遗留下的香味
不远处的樟树林中，知了拼命叫喊
撼动了远处，这个小镇里最高的山
抖落了山顶的一片云彩
你答应过要在那里，陪我
带上最温柔的阳光，回家
只需要花上一天的时光

这是一条无意中被我们发现的小路
我已不记得，当年散心的终点在哪里
但分离的起点，印刻在了南与北的分界线
在这条路上，我们都是过客
不同的是
你只走过一次，而我已走过一次以上

如果一生能够压缩为一天
但愿我们可以
上午分别
下午重逢

离途

阳光有点冷，梦境毫无睡意
老房咳嗽，因我的离开而着凉
为自己添一件衣服
算一份遥远的孝心

我没有带上一个杯子
想喝水的时候
只想到了家里的茶壶
想知道少了一双筷子的饭桌上
会不会也少了一道家常菜

我别过南湖，去往边境
一个含有“南”字的省份
我是一个善良的人贩子
将自己送往远方，分文不取

车站偶遇

汽车站里，原来卖《楚天都市报》的傻子
改卖印刷品质极差的《家庭故事报》
出于同情，我掏出五年前的价格
——五毛钱
他却跟我说，要两块

现实击溃了同情心
我说，买不起
他说，一块五
我扭头就走
他已经不傻了，学会了讨价还价
时间，让傻子学会了聪明
让聪明人学会了逃避

葬 礼

在葬礼上
年轻人讨论着老人
老人讨论更老的人
似乎都在预言下一个躺下的人

莫名的恐惧
我害怕看见年轮
仿佛那就是自己的皱纹
我也害怕看见老人
仿佛那就是某一刻的自己

追 寻

有一次，侧卧的我梦到了你
于是余生的夜晚，我都是这样的睡姿

曾经以为我是一只不会远走的蜻蜓
只依恋最初的那片水域
可如今，你在哪个方向
我轻盈的翅膀，就以此为航向

黑暗的秘密（五首）

河南省洛阳师范学院/张　元

如今，我还拥有孤独

现在，我还能再去那里走走
看看曾经的小学，如今多么金碧辉煌
还能在新的旅途中，找寻昨日的足迹
梦里的黄河，流淌着数不尽的乡愁
习惯了从半夜醒来，欲望是必须坚持的理由

我从孤独中诞生，还在孤独中生存
内心的沉默，是说不完的孤独
你还能在我年轻的眼睛里读懂一丝心酸
在城市的高楼中，看到我不再挺拔的脊梁
漫长的远方，囚禁一个人的野兽

一边咒骂世俗的无可奈何
一边又与生活同流合污
这是矛盾的我，但也是最真实的我
这些年，我走完了所有看见的风景
我活着的现在，未来没有多少人会知道

我在限定的条件里无目的的绽放
一个人的光阴到底要多伟大

需要历经多少的磨难，才能最终到达
荒废掉的日子，和死亡没有什么不同
机械式的重复，其实也是等同于浪费

时间在缝隙中一点点流动
我们看生活，不过是在看生活里的自己
思考是我最喜欢的方式
以及在夜晚时还清醒的所疑

我所写到的永恒
做最后的选择，生存或死亡
黄河水有毒，流水冲刷了河床隐藏的秘密
那些积累的理由，总有说不出的源头
我知道那是水流最疼的地方，暗藏江湖
月光知道我的伤疤，在看不见的地方
孤独淹没记忆，留下一地荒芜
孤独地活着，是对生命最大的尊重

奶奶走了

再也没有一个怀抱还会在寒风中等待我冰冷的身躯
一生只有一次别离，这消逝过早被打开

我们都如旅客一样开始了陌生的旅行
但终点，总要让我们无奈地接受扭曲的现实

过故人庄已无亲人，寒冷留下最疼的忧伤
走进了一片熟悉的风景，却再也不能安放我多余的悲伤
奶奶，地下冷吗？您的老寒腿还疼吗？
我就像日暮将歇的黄昏，只能在白天守着坟茔哭泣

您走后的日子，带走了想念连同所有的期盼
迟到的呼唤，已经吹不干您留下的记忆滩涂
用了很多的笔墨，想把我们的点滴都在纸张记录
却成了最美的谎言，拙笔写不出的细节太多太多

2014年11月14日，一个普通却不普通的日子

您在这一天，换上了准备已久的礼服，告别了所有人
您在这一天，将要从另一个怀抱醒来，迎接新的星辰

黑暗的秘密

我目睹海水，在大地的胸膛里翻滚。带来春天的消息
淹没苦涩中留下的眼泪

我终于可以名正言顺地呻吟
可以在没有人的黑夜，传出一个人的无奈
或淹没精致的谎言

我知道我所说的每一个字都用尽了力气
这些声音，耳朵不会听见
里面有不好不坏的往昔

我知道一个人的一生，黑暗是不可少的存在
夜的深度，换来无用的一纸诗篇
在细微之间，看见看不见复苏的味道

我一直都在寻找

不知道为什么开始，没有理由的到达是源头
在下雨的山坡上等待百合花开
在深夜失眠的时候，唤起星星熟悉的对话

我来自于一切之外，却跳不出三界之中
最大的阻碍，是来自自身和外界的多重否定
迟到的晚风，吹不走多余的悲伤

我一直无法真正融入生活，拒绝了远方所有的邀约
却从不被温暖收留
我拒绝选择赤裸的真相，却没有答案作为正确的参考

多年前被我排除掉的选项，躲避着嘲笑我的固执
遗忘的梦想，角落里落满尘埃的灰尘
总有一天，想象的坟茔会比现实的竹排更加长久

还想自己是个孩子

也就这样长大了，在不知不觉中
伴随而来的，便是成人世界数不清的无可奈何
要是还能选择，我只愿自己是个孩子

成长的过程是无数重复的独一无二
于幼稚的黑夜，抵达成熟的黎明
却在要开始的时候，想做最后的告别
玩具。游乐园。这些都是我不愿舍弃的伙伴
我没有力气，仅凭自身去对这些说声再见

没有任何间隔，会是我们永久地隔绝

旋转木马转过的声音中，一瞬间时光就老了
在转盘的秘密中，完成了我们又一次的蜕变
这是最残酷的游戏，谁都改变不了的现实
没有任何的停留，会是最合适的伫立
所以，请再给我一次机会
我还想在清醒的时候，最后再爱一次自己

玄武湖之春（二首）

同济大学/砂　丁

交谈和一日

回家的时候，非常倦了
看见公路边上卖小龙虾的
烧烤摊。男男女女
有谦恭的神色，比我
年轻一些的，对着食物
有神圣、渺茫的感情。
一些人隐在树丛后，一些人
坐在路边的长椅上谈天。
夹杂着一些风凉，带来
微不足道和下雨的消息。
家楼下开了两家洗头的
两家足浴店，几乎
无人光顾。会有一些快乐
平庸，并且短暂。
溽热的空气构成了这里
污水和菜市场，电线杆
一直凹陷的路面。
黏结在一起的是口音
来自安徽、河南，或者更少
我曾去过的地方。你

会轻易变成你所恨的
那个人吗？不合时宜地
转换话题，在一无所有时
痛苦地劫持你？
很小的时候，为了图吉利
家里烧矮的松树桩，外婆总说
“我们是乡下人，我们
很穷！”就像表白时，人
羞于说方言，要说
带着方言的普通话。
一本正经的，却总也
说不好，要无端打闹一阵
才好过。空气可以变得
更潮湿，情话也总是
千篇一律的。你尚且知道
那近的东西疲乏，带着
血的昏热。爱，或嫉妒
或那个得不到的跃跃欲试
清白无辜，张开的手臂
瑟瑟发抖。

玄武湖之春

是成片的云霓笼罩四野
以至于分不清山和湖的颜色。
你见到他时，玄武湖恰逢春雨。
赶了一下午火车，你站在出站口
呼吸新鲜的空气。恰值清明，天候
不那么寒凉了，时局看上去也没有
从前那么糟糕。1923年，你刚从莫斯科

回来，意气风发，在上海的大学里兼
一两堂课。你没闹恋爱风波，是整洁的
新男子，每天把胡须刮得干干净净。
黄昏之后，湖面升起夜雾，你打量你
苏俄制式西装，是否沾有水汽。
他刚来时，面如朝开之花，手抱
凉薯。早已穿旧的灰布长褂衬得他
日益消瘦。尝尝，刚上市的，个儿大
味甜。手也不擦，他就带你到这湖边的
城墙上散步。你记得留学前，你们
最后一次在这片开阔的水域划船。
他总是最木讷的那一个，春雨欲止未止
不打伞，偏偏坐得笔直，逗得船上
三两个女学生憋着气儿笑。那是他做
小学校教员的第一个假日，他用尽
全身家当为你践行。汗也透了，雨也透了
亲爱的瞿先生，你可知这是一座
雨水围护的城？你看见湖边垂钓者
钓竿排成一排，像吃了定心丸
你快步道别，走进火车站。
你曾无数次搭夜车来回沪宁之间
却从不记得下车去看他一眼。
现如今，你们站在倾颓的城墙上
看湖岸零星的渔火。天风吹过
城郊的夜气凉得很快，他抱拳
哆嗦着看你，不曾提及年少时
困苦与共的艰难日子。翻山越岭
这么久，似乎只为再看一场玄武湖的
春雨，这南京城多毛的手掌
云雨之下起伏的呼吸之绿。

四分之一个妄想症患者（四首）

中国社会科学院/陈浩文

幻觉

是白昼，还是黑夜
我悬挂在灰色钟摆上
像布谷一样叫嚣着
一个无法定义的时间来临

红色的花开满骷髅架
仿佛鲜艳欲滴的双唇
从一吻中得到永生
然而静默，那一切使我神迷的
敲着兽皮鼓的狂欢
在晶莹的泪光里化成远古的青苔

睁开眼睛我变成黑色的猫
卧在埃及的密室
凝神看着法袍的巫女
摊开结束前的占卜

我终于不能辨别
手握一枝死去的晚香玉
是疑问，还是答案

哪怕此刻站立的地方
是潮水一样的人群

拓　荒

你问我如何烧光玉米地
在金黄的谷粒尚未脱落
棕色的穗如强壮的胸膛
赤裸于绿色洪荒的时代

如果根须还没达到旱季
农民点着烟坐在屋前凝望
就最后用一次蜕皮的双手
去紧握史前的河流吧
直到早已熄灭的火焰
从你们一样疼痛的血脉里
向补天遗留的柱石

那么燃尽的天空和土地
是一个悠久的预言吗
毋须问我
问你不再干涸的眼睫

囚

夜半之思跳过灯光
像猫头鹰瞪着大地
瞪着我贫瘠的寂寞

每一行字都在忧虑

无效的叙述：自己
或者笔，全都湮没
在黑暗的冷静里

然后革命？思想说你看
你该出来走走，每天
绕城墙一圈
考察四点半的太阳是如何怜悯着
行人匆匆的希望和失望

监禁声音的嘴唇瑟瑟发抖
语言在舌头上暴躁
即使劳动和美梦还在酗酒
它们时刻准备着
结成一句尖利的
“啊——”

四分之一个妄想症患者

看啊，他来了
扛着断弦的破吉他
小胡子两撇　毛茸茸
晃荡在骄傲的上唇
就像哥伦布欺骗了土著

百分之百的男人
百分之百的英雄
百分之百的　翻过垃圾堆的指甲缝
龟裂出几张人类的地图

这一个是破坏
那一个是毁灭
四分之一个妄想症患者
藏改造世界的矛在绝望的救赎里

一个声音，没有皱纹（二首）

北京师范大学/李啸洋

一个声音，没有皱纹

昨晚，我梦见你坐在坟茔上哭
他说下面又冷又潮。他反复对我说：
他虽然死了，可他不信自己是鬼。

你断了下去。像一根藤条一样断了下去
辘轳空转，井绳拉紧水底藏着的一团逆光：
“别人要背叛我时，我要抢先一步，先背叛他。”

你说你不怕黑。我说陪你下去坐会儿的时候
断断续续的鸡鸣就把天叫亮了
当时雨打窗棂，一只蜜蜂在泥里挣扎

天刚晴，秋风就到了你的墓地
几只蜥蜴窜来窜去，避我不及
野草布满你的屋顶，要是活着
你一定把它们连根拔除

那天，你说你要去井里找光
找绝望过的身子和冬天许诺的白雪
那里有寂静的水和寂静的黑

你掉了下去。像一根藤条一样掉了下去
那年春天，你在我身上种下世上所有的绿色
安静的绿色，没有说谎的皱纹。

父亲愈种植绿色，灵魂就愈加枯萎

清明、谷雨、小满、芒种
六十年来，父亲隐姓埋名
用二十四道关隘，把自己修炼成
一茎野草。他从祖父手里接过犁铧
春天耕雨，冬天耕雪
夏天在太阳底锄叫疼的庄稼
而后揣起镰刀，刃掉亲手栽下的命

他的背是一张天生的烙铁，能熨干
早起的霜、傍晚的露、晌午淌的汗
他脱掉布鞋，把高粱爷和高粱孙送进土祠
儿子说：天气太旱，我不长高。
父亲听见后，就把肺反过来穿
用身体的两片叶子和温过的血灌它
他愈是种植绿色，灵魂就愈加枯萎

少年采栗（三首）

北京电影学院/刘傲夫

少年采栗

不停往上攀枝，过分的冒险
树下的同伴开始惊呼和制止
我的小脚掌握着枝的韧劲
和承受力
平衡着小身体
像一只鸟一样
活跃于枝间

我不是贪婪栗香
或其口感的绵延
而是因为，将一只只栗蓬摘下
树枝上的空空
都会给我带来一种
万物归位之感

仪式：敬神

逢年过节，父亲都要
宰鸡鸭敬神
几十年，年年如此

如果哪年，有一个细节粗心
家里又出了点事故
父母就会猜测
那是神们，对他们的发怒
如果敬过神
家里仍有老人生病
或鸡鸭发瘟
父母则会归结于
天气
或不好的年辰

新式火葬

村口新建了一红砖房
陆陆续续，一些死去老人的骨灰
被后人存放进去

父亲与母亲
远远望着那栋房子
父亲首先打了个寒战
母亲则平静多了
她说，死后烧成骨灰
放在那，也不错

孤独感（三首）

河南省信阳师范学院华锐学院/陈十三

孤独感四号作品

正午，光透过玻璃，让烟成为一条黑金鱼，
在空气里游，褐色的藤蔓在风中摇晃，
它正在和一只飞鸟建立某种联系，
结合或者对抗，无论怎样
疼痛是不可预知的，无论怎样
总会听到陌生的语言从沉默的人群中传来，
然后绕过你的头顶，呼声隆隆。

孤独感八号作品

日子在未采摘的时间里旋转，
唯一遗失的阴影在空气中
制造食物。风加速
运载不多的睡眠，活着
几乎
是一场赠礼。

孤独感九号作品

站在河边，对岸是远处，
我们的存在，无法

逾越一条河流的命数。

干枯的芦苇丛在风中，构筑了
一场
严肃的寂静。

孤独的人孤独地存在着，
没有羊群和房屋。

拉萨书（节选）

西藏大学/郑　毅

1. 哲蚌寺的寺

黄昏入山，最令人担心
不断向上的海拔。哲蚌寺躺在一片广阔的山前坡地上
金顶的大殿和墙体通白的僧房向极高处延伸
随时可以撑破双眼
而整座后山像一块被野风驯服的
巨大石头

2. 根培乌孜山的集市

从西郊的某公交站到寺庙
上山。佛祖只给朝拜他的人
留了一条路
几公里的坡，离佛祖越近
沿路的街市匍匐得越低
同所有的藏民一样
我手持一长串念珠，口中念念有词
祷告在路边某个摊位上
可以请得一个像模像样的
转经筒。最好是和旁边扎花辫的阿妈
手中转动的那个
同款。

3. 拉萨河的落日

租住的小旅馆就在河的北岸。
临河，临风，临一片山
这条河流脾气温顺，不会咆哮，不懂浪花
甚至不敢高声说话
怕惊动了此时昏昏欲睡的藏獒
和南岸的某座山里闭关已久的神灵
只有风最懂流水，吹起五色的经幡
猎猎作响
一条河比桥宽阔，依然向西南
流进落日。

4. 布达拉宫

按宗教的仪式，从宗角禄康绕红山一圈
只能顺时针绕才有功德
藏式大檐帽一遮，摇起转经筒就可以
混入人群了。藏民不会拿手机对着自己和布达拉宫自拍
有时两种事物强掺在一起会相互尴尬
比如我。矮小与宫殿的巍峨
瘦削与布达拉宫广场的宽阔
还有，用手摸墙壁上转经筒时的表情
有些局促和紧张。
渐次暗下来的夜看出了我的心事
燃起一片星星，超度在内地
染上雾霾的我。

5. 八廓街某一日

入乡随俗。把八角街叫成
八廓街。其实都一样，八廓街和八角街
都有弯曲而笔直的巷子
地上的所有石板都能在游客到来之前
晒到太阳
所有的人都在顺时针走动
所有布施、念经、烧香的功德都自动回向给
万物和光阴。大昭寺的等身佛像
坐拥拉萨的繁华。东西朝向的广场
满是相机的咔嚓声和冲锋衣的质感
传入耳边的叫卖偶尔压过磕长头的小伙子高声念诵的经文
为了这些游客的到来
所有的商贩和商品都在极力
表演他们的虔诚。

6. 跟藏民回草原

跟上藏民的摩托离开城关区
几个小时后草原现身
这里的草原不是风吹草低的草原
这里的草原不是天山南北好风光
这里的草原很大
大到看不到人
这里的草原很冷
冷到用手心取暖
这里的草原很高
高到只有星星和牦牛为伴

今夜竟然落了雪。
饮过几杯青稞酒
阿妈派美丽的多吉送来了藏袍
和一个难眠的高原之夜。

7. 夜宿岗德林

从身体内部剥出机器，链条
和吻在一起的齿轮
清空体内的毒，结石，多余的水分
和死亡了的细胞兄弟
在岗德林偏僻的牧民帐篷
六根被打扫清净
把耳朵交出来给黑夜
把眼睛交出来给星星
把舌头交出来给青稞
把鼻子交出来给玫瑰
把身体交出来给大地
思想返回月亮，神灵附体
在万物生万物死的高原
仿佛一夜之间，我跟自己
成为敌人。

绝　症

广东财经大学/张嘉通

我讲的是实话
因为
无法拿生命撒谎
是的，我患了绝症
很久了
无药可医
只好恭候死神的来临

在有限的时光里
我常想
死神会怎样来
走来，飞来
还是打了车来
来的时候
应是早晨，还是黄昏
会带些怎样的礼物
而他的镰刀
又是否黑得
一如既往

没有一片叶子
不会从枝头飘落
当树的年轮

不再转动
像含泪的天空
习惯了干涸的眼睛
似懂非懂

如今，我坐到
我不曾坐过的地方
比如你的眼角
镜中
抖落叹息的唇上
看着我看过的
平原，大海
车水马龙
城市被人群贯穿
几瓣凋零的脸庞
相继浮现

只有古老的风
还和平静的心跳
一样年轻
雪白的钟声在耳边飘荡
谁双手合十
如天使的翅膀

这种绝症，叫生
没得病的人
还有不少

二字箴（二首）

西北大学/宋阿曼

夜 归

十三路公交站牌下一个醉鬼
摇摇晃晃说下一趟车到他家乡
有美女儿还有酒
有热煤炉还有酒
有棉袄子还有酒
有亲老娘还有酒
他说完转身
走了

三 郎

我插好唐朝的门闩
吹灭盛世的烛坛
星光灯影却不灭　纸窗尽染
三郎呀你就这样黑坐着
等我洗净自己给你煮碗面

老旧月光谪居久远
人们慌忙躲进另一个屋檐
几世纪的雨未停　霖洗长安

三郎呀你就这样傻站着
众声唏嘘战战兢兢时

唯独你不怕
树叶落下砸了头

我无法漂洋过海

江苏省淮阴师范学院/宋　昕

敬来的酒还在肠胃
朦胧的眼分不清南北
我把眼泪藏在最深的夜
深怕黎明的光，会蒸发一切

整个的世界
都在眼眸里面倾斜
我好想穿着高跟鞋
醉倒在纽西兰的草原

你在异国感受天高草低
我在他乡走你走过的路
我不是一个简单的女孩
如同城里的花
有着太大的囚笼和束缚

我无法漂洋过海
咸的水会吸干我的本质
调皮的海豚弄着驱壳
来回穿梭的金枪鱼过于凶险
最重要的，你不需要我

打给母亲的电话

北京大学/董　晨

妈妈，电话里杂音很大，我听到家乡的风暴了
你说它在电视机中，新闻栏目的后面，没有鸟趴在窗户上
我怀疑它们从未飞走，只是躲在油烟机的排风道
在烹饪的时候，把更多的碳化物吹进我们的肺

在夜里不要使用红外灯吧，它将招徕更多的风暴
在白色缆线里肆虐：你是没有办法的。你常说
桌面的花格布从橙片成树皮了，你尝试把门窗关严
可轻浮的氧仍然绑着阳光穿透了，这场袭击旷日持久
你购买很多玻璃瓶，但不足以安置幸存者。

妈妈，在和你讲话时，我仍盯着夜晚的土，路上
有很多鸡粪，要小心地避开。鞋子是你新添的
鞋帮仍然雪白，我等着今年的雪呢，不能先脏了它

昨天我在洗浴间遇到一头白熊，它见到我飞奔而去
躲进腌臜的草垛。世界就是这样危险的，我的塑料杯
被泡茶的干玫瑰染红了，哪怕它失窃，我也当无动于衷
它被草纸和备用扣子环绕着，我在学习使用顶针：
你会很高兴吧，我在写作和缝纫，就如你曾教导的
学会射箭和操作机械臂，而建筑是不可偏废的。

妈妈，我不会去修理我的电话，如今的工匠都变得懒惰

他们穿着呢子大衣喝过季的茶，褐色的渣滓湿了他们的
指甲，就像鼩鼱一样瞥视我，我不想让他们读我们的话

那头白熊很美，就像相册中你灰白的照片，我想
我应该要去结婚了吧，我的新娘是一颗待宰的橙子
塑料袋里都是她的香水味，那是我送给她的，就在
昨天的冗长报告会上，我搜集了太多的材料

它们是纯白的纸张呵，我取了回去发酵，于是就有了香。
你能闻到吗？哦，这是电话，妈妈，你闻不到的
我也闻不到你新做好的菜和满屋子的烟，你可以存在玻璃瓶里
像古代小小的虫子，寄给我吧，我会吞掉他们的
吞掉一场风暴，它在我的喉管里无所作为

妈妈，你能听清吗，皮啊毛啊都是雪白的
我想为你缝一件大衣，就在今天，你可以把幸存的
都放走了吗，它们会惊吓我的孩子，很快就要发生！
你听我的声音，幸福得如含着刀子。

野性（三首）

中国农业大学/涂　明

小　兵

蒲公英的婚礼
蒲公英的葬礼
同时举办
两者都
派出了降落伞
发送喜柬或丧帖

有的落到了地上
变成了于红白之间中立的黄花
有的带着永无法传达的讯息
飘向漫漫天涯

伞下的
都是小兵

野　性

百叶窗投来的黑白光影
使我的她成了斑马
我的她成了斑马

我注视着她这种偶然的睡容

或许在梦中
也如斑马一样奔跑
她所追逐的事情
我无从得知，无法满足

一 天

你刚刚睡醒
我刚刚睡着

这半天是你的。

我刚刚起身
你刚刚躺下

这半天我没有你。

奔跑的孩子不怕痛

福建农林大学/王建东

旷野上有孩子赤脚追着风筝和风
流着泪却带着笑
原来奔跑的孩子不怕痛

风镇（五首）

河南省新乡医学院/王世玉

槐 树

用了几个月的雨水才把它叫醒
噼里啪啦开花的声音又叫醒了专心打盹的
黄狗，它望向你的目光有些贪婪
又有些怀念，我在夕阳中围着槐树打转
默念生活的年轮

菜 园

住在老屋的旁边，听烟囱絮叨了一辈子
我的三岁压在它的胳膊上，挨着黄瓜做梦的
地方，五岁我就踩它的脚趾，就在豆角秧
的旁边。那一年我好像把它踩痛了，豆角
结的比我生气时吃的米粒还少

风 镇

我出生的镇别人叫作风镇，镇字我学了三天
风镇风大，一刮风挂在墙上的葫芦就会打呼噜
以前烟火也浓，邻居家花辫子的妹妹也在
好多人都被风刮走了，我跑遍全村也只能

遇见不会走的树和走不动的人

春日

春水把尘埃吸进肺里，又被山沟拐走
花蕊满面红光，把阳光私藏在舌头底下
木子说话的时候，你抖抖身子落下二斤沉默
有风的时候就能从摊开的人心里看到落日
不会读书写字的人，就转向春日打听身世

落日

鸟雀在领悟一种静寂之后归巢，树梢锁紧
梦话滴水不漏。牧羊人蜕下一层发霉的心思
为了逃避虚无，挨家挨户去点亮人间烟火
它离开的时候从来不着一字，只是闷声发问
夕阳西下，看日落的人脸上浮现日月星辰

南方旧物（三首）

中山大学/黄　宇

一条江

一条江从何而来
阅读岭南大地，翻检沾满红土的身世
流域史。漫长与曲折
云烟翻涌，上面有百越族忙碌的身影
他们找到了水，和更多具有南方特征的事物
需要多少跋涉，才能扎下根基
生火，让平原亮起星星之火
建屋，让日子不再餐风饮露
婚配，让人生摆脱鳏寡孤独
种植，让家园从此勃勃生机
养殖，让生活变得温暖滋润
在寺庙里跪拜先祖
在民居里守望信仰
在江边寄出虔诚
这古老的水，这年轻的水，这流离的水
流出小家碧玉，也流出倾国倾城
在江中有一种力量指引着我
一直从南而下
去往最尽头打捞这里所有的珠光宝气

紫荆花下

巷里开着紫荆，开着华南的前世今生
外婆在夜晚给我讲南国的历史
外公用苦难的父辈人生教育我
我怀着无限的迷恋
在幽香的花瓣中获得灵魂的安宁
那时，紫荆是我心中唯一的光
暮色降临，明月爬上夜空
月光撒在花瓣上透出坦然的生命力
在柔软的花间游走，每一步都饱含情怀
我的印堂写满与花相爱的故事
父亲在花前内心清朗，母亲在花下心思细密
双亲的背影在花香里释放爱
捧着一朵紫荆上路，我心中有微光
奔跑时，一团火正成形
将微光逐渐点燃

祠　堂

古老的祠堂，有弥漫的气场
祖母在佛前合掌，叩拜，念念有词
我这里寻找神灵与祖先的踪迹
庄严而神圣
我在为世界祈祷永恒的平安
我与祖辈并肩行走
当未来某天离开乡村，在远方漂泊
有一种沉重的情感总牵绊着我
我闻到清风穿堂的芬芳
它正来自南方

高铁要革命（二首）

四川省西华大学/杨宇涛

我摇滚在即将抵达通惠门站的地铁上

我的想法简单而幼稚，和几天前的股票一样
身背淘宝爆款的降落伞，站上超过八十一米的高塔
准备玩一次在最后时刻才解开伞扣的自由跌落
我想大概会有一千个眼含热泪的陌生人因此侧目

一柄计算好了生命周期的时钟逐渐被遗忘
畅饮过神仙水的人群，爆发出振聋发聩的轰鸣
叫嚣着、嘶吼着、拭目以待地期盼着我变成肉饼的
竟是——巡逻车和救护车来来去去的缝隙里——黑压压的一片

我为怯懦找了个理由：我的身躯无法像鲁迅的笔那样直插麻木之人的心脏
直白地转述过来就是：好死不如赖活着
于是收起十分钟前还踌躇满志的降落伞
离开高塔，悄无声息地混入在公园里高歌猛进的广场舞队

我最终放弃了以死的闹剧来讨要被拒付的三天兼职的薪水
在返程的地铁门关上的刹那，成功地咆哮着跨进了列车
窗外一片漆黑，犹如一潭死水，即将被溺毙的人荒谬地冲着手机祈祷
身旁姑娘的耳机突然坏掉，索性外放，duang，我不由自主地摇滚起来

高铁要革命

高铁是很辛苦的，一天五班，时间固定，周而复始
坐车的人也很辛苦，从郊区到城区会历经很多个站
到站停车，透过窗玻璃看到的，从风景变成了熙攘的人群
后来变成了文件夹、电脑和打印机，还有穿 OL 裙的新经理

改变一次路线，就要花费很多时间、金钱和精力
要改变的话，事业、家庭、人生的轨迹就会扑朔迷离
但是对于这一点，高铁是羡慕人们的，因为它总是被遗忘
就算某一次被记起了，也是无可奈何地“被”无怨无悔地履行职责

而现在，至少未来是清晰明了的，未来压在工程师的抽屉底，未来在心底翻来覆去
不出意外的话，它会日复一日地在这条高架桥上奔驰着，直至退役
也许到那时，它已从铁路新人晋升成了主管列车、经理列车或者总监列车
但始终，会被戴上大红花，遗弃在废旧高铁回收处理中心

它不能也不敢恣肆地在自由的土地上奔驰，因为这片土地并不自由
就像白领不能驾着童年时梦想过的自制汽车闯荡世界，因为改装车上路不合法
世界总有太多限制，因为人心总会过度放纵。然而自由并不是狂妄
我看见五百米外的高铁呼啸而来，进门的脚步有一分钟的迟疑，这便是打响了第一枪

父　亲

云南省昭通学院/木　斯

他从来不说太多的话
但每次他说的话
都显得沉重
电话那头
他说
我会陪你坚持
只要你不放弃
但也请你谅解我
物质上
我给不了你许多
他不会说多爱我
只是一直支持我、鼓励我
他点起便宜的香烟
吐出一个烟圈
那个烟圈皱着眉
诉说着他的苦痛
他伸手把烟圈拍散
不让我看见
但我已经落下了眼泪
泪里饱含感激和愧疚

男　孩

北方民族大学/姜林军

身上脏兮兮的，头发油腻
但像多数同龄孩子一样，他爱笑
他说，他是村里唯一来城里上学的孩子
他要去看在电视里见过的高楼大厦
吃汉堡包，喝可口可乐
他的眼睛闪闪发光
看到老师抱其他小朋友，他也想要
而老师脸上的笑容，堆得像疙瘩
听别的老师说，孩子的爸爸是建筑工
两年前出了事故，工头跑了
妈妈干着三份工作，上十五小时的班
生活宛如教学楼前新栽的树苗
总在意想不到的地方分岔

溶解图书馆所有安静于血液（三首）

北京师范大学/陈　帅

用一夜走千里路去见你

我的床在铁轨上不停颤抖
拖着风从南往北飞
铺下的鼾声也被拖地　有几千里长
夜被车头割破　又迅速弥合

我即将去赴一场死的盛宴
按照习俗
乐手们将敲锣打鼓　给哭声助兴
而家里人　远没有庄子击缶而歌的洒脱

如果你以一朵浅浅的笑作苦难的句点
我也想以浅浅的笑相应
静静地　看黄土把你抱在臂弯
在臂弯里　你将继续生长　长成黄土

生长　多年后一个迷路的春天
认出　你又长成一株剪风的细柳
在你身上
鸟的叫声　柔软得像四月的温度

那时　再让埋在眼底酿了多年的泪

从笑中破土而出
醇如　我哭闹时
你笑抚胡须　搂我在怀里摇晃的　小时候

黄河父亲

冬风被你的口哨一口吞掉
却吹出了梨花，陌草和百灵鸟

黄土大口咀嚼你的力气
花一年时间打一个满足的饱嗝

笑，大笑，把皱纹笑成落叶飘落
落地垒起千沟黄土万壑高坡

灯火摇晃，你洗完夜深人静的脚
水从盆里震耳欲聋地逃
据说　一直蔓延到五千年前
在那　汹涌成黄河的咆哮

溶解图书馆所有安静于血液

夜被灯光悉数推了出去
一森林的书架枝繁叶茂
听　书成排酣睡
我闻到它们油墨香的呼吸

其他人都被空气融化
整个宇宙　除了尘埃就只有我
轻敛着影子
手摸着书的脊梁　从这边走到那边

消声器（三首）

贵州民族大学/熊生庆

嗯，好的

我们重新开始不要放弃好吗
我们不要再任性，戳疼还未愈合的疤好吗
我们拥抱，予秋天温暖的亲吻好吗
做一只箱子，装满路过的山水
造一间小屋，陈放我们两年里刻骨的回忆
让风给往事抹上米酒般的香味
然后唱爱的歌谣，一饮而尽好吗
去散步好吗，像过去那样
公园和野地里留下我们的背影
雨滴敲过公园里静寂的屋檐
一把小伞就把我们装下了……
——你始终不说话，你始终望着窗外
直到我停下来你说：嗯，好的
我饿了，想吃东西，也困，想睡觉

只有伤痛如此动人

树林的秋天布满了枯黄
风扫过来，沙沙的声响如同众人
目睹一场盛大的爱情落幕

发出的喝彩。誓言在风中飘荡
这个异乡人，他无法在这座城市
开始新的生活。我目睹秋霜
侵染他的鬓发，苦水漫过额头
他把回忆熬成汤药，吞入腹中
阴郁天气这般凉薄。霉变的光阴啊
再没人能走进他装满秘密、幽暗的内心

消声器

实际上我们的生活中随处可见
消声器，它有一种隐藏尖锐的能力
能将贴近真实的部分架空
子弹射出的刹那，炸裂被吸收并分解
如同吞掉路灯和喇叭的雾霾
而我们常常栖身于这样的雾中
撕扯一些无足轻重的碎片
编织带有迟钝成分的静寂的梦

钢铁实验课（二首）

湖南科技大学/肖阳荣

钢铁实验课

我从不敢想象一根钢铁可以被拉长
或者压扁
有人因为手里有它而活着
有人因为身体里有它而活着
有人因为没有它而活着

我们惧怕它的硬度
在它的体内却感到安全
靠着它又背负着世界的阴凉
它如一个霸道的君王
统治过我们几个世纪
喝干亿万人类孱弱的血

野兽的咆哮被一颗子弹贯穿
古树的仁慈被一把斧头砍断
大海的骄傲被一艘潜艇威胁
还有什么？高楼的影子？
桥梁上的矜持？
高温熔铸的玫瑰花？
奔驰在公路上的，无止境的欲望？

当我操纵一些钢铁拉断另一根钢铁
当我听到那声“咔嚓”
没有被吓一跳
反而有一股成就感油然而生

北校门口的夜生活

能破门而出的，总是有力量的手臂
北校门口的那条街不够繁华
也不够长，却刚好使这些手臂
不至于太挤，也不至于显得寂寥

十一点，一只跛脚的老狗刚刚入睡
街灯被夜点得正酣
一盘龙虾渐渐脱去它们红色的盔甲
一串韭菜渐渐缠上一根猩红的舌头
桌上的蛋打碎自己，煎熟
一头猪卸下自己的脑袋，撒上孜然
躺在炭火上面

十二点，黄色的泡沫让所有人失忆
没有人记得
白天的那头猪，其实没毛
白天的那些韭菜，居然是硬巴巴的
白天的那个蛋，刚出生，散发生命的热气
白天的那盘龙虾，刚从一次海啸里逃生
乳白色的奶茶，夹杂着一点闲情时特有的灰色。
咖啡在杯子里转圈，浑然不觉得时间在流逝

一点，水泥公路上轮胎的臭
小摊残余的香水发酵的臭
拥有复杂酸性的呕吐物的臭
一下子弥漫了整条街
所有东西只剩下骨头
红色的骨头，绿色的骨头
整个大街也是一根骨头
发出微弱的森森白光
透明的骨头则飞向四面八方

有人从煤矿里爬出来
有人从工地里爬出来
有人从巨大又孤单的建筑里爬出来
也有的人，刚刚进去
爬出来的人，捡起这些骨头
裹着半个灵魂
沉沉地睡去，动作轻得没有呼吸

三点，KTV的抒情到达高潮
有人趴在软皮沙发上打起了愉快的鼾
街上陆陆续续出现的游魂
他们慢慢走近黎明
没有毛的猪，硬巴巴的韭菜
红色有壳的龙虾，热乎乎的蛋
慢慢开始复活
所有的手臂推开虚掩之门，慢慢恢复力气
整条大街被白昼一点一点洗出来，干干净净

秋天跟爱，我们只字不提

甘肃省河西学院/章伯顺

蓝月光停歇在床头
照亮左手的刀疤
烙一个坎坎坷坷的胎记
到现在一直以它为荣
夜里的清风裹挟着秋的悲伤
横渡月光，穿越时空的裂痕
谁都无知
唱片里那首歌，我哼唱着
换了很多安身的池林
简单狂野，像一个情人
它说要敬上往事一杯酒
我说秋天不适合饮酒
太累了，我害怕醒不来
给自己披上一件破旧的衣服，夜里凉
暖一杯牛奶，胃不好
也关上窗，挡住矫情的秋风和月光
许个美好的愿望
把对别人的爱全搁在自己身上

最后一篇记叙（节选）

福建省闽江学院/赵如添

“我看着他冲下楼去，
在夜晚尚未卷起之前”
“你相信你所看到的”
“是的，我信任我所看到的一切
直到对一间教室产生质疑”
“你还看到了什么？”
“我的蓝色的骨骼与大海中的一颗石子”

1. 弗洛伊德与一场信任

他抬起头注视着眼前不断摇晃的钟摆
那些浓郁而未能融化的灯光
推进着一场完整而非理性的永动
吸进巨大阴影的洁白的墙，以及
半裸的细密纹理，像一张昨夜打开的
右手，
上面河流纵横，山川阻遏
道路繁杂却不至于无路可走
他感到有些疲惫　思维开始变得迟疑
（这源于梦境前后的一场
庄严仪式）

躺在床上，他更

适合于去倾听
“我想你是听到了些许琐碎的声音
如同一座冰山在海面上的裸露”
“他们讨论，试图
把我的一生倒过来，
爱情　火焰　坟墓　哲学
最先是国家与法典”
“这是痛苦的”
犹如一个句子的诞生
从巨大的图书馆中摘抄
那些被诗歌遗忘的词语开始再一次拼凑
像一排未被面包打磨过的牙齿
整齐而富有逻辑
“在行进的轨迹中你必须找到言语的位置”
“重回丛林中去了，一去不复返
像血液早已在开始之前便困入了我的身体
从心脏中重新出发”
“或者说如同窗外的铁轨，
每条都是另外一条”

他坐起来重新定义摇晃的钟摆
在修长的双腿之间
一个男人这生的骄傲
开始于一场晨勃

3. 生命，一条鱼的故事

“你可以去三道岭走走”
“那是什么地方”
“在那里

生命被以另一种方式重新打开”

当他抵达这里的时候
人群已经开始散去
开满罂粟的手指中夹着一束
不知名的鲜花
每一个喧闹的清晨
在白纸欲火之后重归沉默
“头颅伸进天堂
双脚化身为鱼　陷入深渊
而非困于泥沼　或者
御风而行”
这句刻在碑上的诗
穷尽了生命中所有的灯光
留下来的巨大阴影
需要更多的落日才能理解，包容

这些生命被误解地排在一起
天空像一块更为宽广的头盖骨
遮住了更多互相反对的头颅
他们终生都将在误解中继续存在

“你看到了什么？”
“我什么也没有看到”
在最后一篇记叙后
他开始选择缄默

囚

西北大学/赵为峰

月林独坐，
我觉得心好小——
小得只有爱

突地，
又感觉心好大——
竟爱着那么多。

我问心，心说：
我终究还是太小，
最爱的竟是你。

好想砌座小小的堡垒，
将我们关在里面，
或者，
把世界囚在外面。

心不解，
轻轻地问我：
那么，
谁才是囚犯呢？

新年书信（二首）

华东师范大学/七　勺

新年书信

冰点后，南方，水的面容开始破碎
它甚至来不及温柔就凝固

你离我不远，或在更深的水中

风变得难以忍受，令人窒息的冷
除了蜷缩我们没有改变多少

郊区之外，一切已什么都不是
铁轨，电线杆，你如何看见自己的呢
那夕阳真像一枚可爱的浆果
我，一个从窗户眺望风景的人
这样的高度，是可以被原谅的

不能逃离，也不被拥抱，新年，
一列火车撞入那不被期待的终点
我想说的，总是多于我能说的

如此多的叶子，在冬天也将获得纯洁
披了雪绒的外衣，向新的一年问好

嘿！你冻僵了吗——
以全新的节奏涌现的你

我爱你，像一个女人那样
你爱我，恰好够称为男人
一个性别走向另一个性别
穿越森林和河流，穿越撕碎的花朵
于有生之年经历光的旋转，呼啸

天空改变了飞鸟的痕迹
火车载来南方之冷蓝，在水上盘旋
我想起了爱在山上摘坟边野莓的童年
不靠男人就得靠文字养活的女诗人

咔嚓，雪压断了树枝
2014 的黄昏之后是什么
醒来第一缕阳光就缠上了阴影
若风来捣乱，阳光和阴影一起摇晃
黎明的湿冷熟悉脊背的每一个凹陷

你知道的，垂钓的人
可以钓到鱼或别的东西
但永远钓不到水

温暖我们的女人是母亲

傍晚，被风吹乱的头发飘散在黄昏
日头投下长长的影子伸到木门深处
淡蓝色的炊烟拉着纷乱的鸟翅散去了
穿过小径回家的小孩将在黄昏聚拢

跟着影子爬到母亲怀里

清晨，水边捣衣的木槌举起又落下
日头没有升起，月光照着水边的人
淙淙的流水如她的笑脸
长着皱纹，留着亲吻幼儿的温暖
河流一日日老去，她一日日老去
一日日地在水边清洗尿布和哭声
一日日地在水边唤醒黎明
那些黎明，我们穿上后再也脱不下来

具体叙事（二首）

南京农业大学/朱慧劼

具体叙事

那个五十岁的女人，又丢下猪去了温州，
虽然她比谁都清楚，象形文字“家”下面住着什么。
我曾经试图用社会学来想念她，
一个来回于农田和机器的矮个子女人。
她的具体只有几分钟，在周五的电话里，
她通常是一句话，一些文字，
甚至是一些情绪，一串记忆。
她不在清晨的睫毛，也不在打开的口腔，
那都是私人的历史。
与那个允许我用下半身思考的女人不同，
她是一张婴儿床，一块奶酪，
甚至是一只羔羊，又一个玛利亚。
我开始厌恶这个词汇，母亲，那个宏大叙事。

有一天，我也会长成他一样的山

烟与酒里打滚了近三十年的父亲，快五十了。
几撮白色的头发比他的儿子和女儿，更听话。
每次打电话回家，他都不听，我也觉得男人之间
不用像女人那样。

偶尔跟他交待什么，才会发现他也学会了
唠叨。父亲的睡眠，丢在了烟和酒里。
于是午夜他花很多心思去打发时间。
近年来，电脑成了他的最爱，不过老是单机玩纸牌。
偶尔在博客写写杂文的他，最近又忙得不见了踪影。
父亲说过最深刻的一句是：花钱要像个男人。
父亲留下最多的是：山一样的背影。
但他给我的并不止这些。
我知道，有一天，我会长大，长成他一样的山。

败　诉

浙江省宁波城市学院/星　芽

对于家乡的起诉
我有许多不在场证明
比如准点抵达站台的 K223 次火车
比如过期一年未经补办的身份证
家里不会变薄的日历
证人包括送牛奶　催水电费的
小区保安　环卫工
以及常来光顾的盗贼
再比如不断被系统退回的电子邮件
微博　QQ
均被运营商认定为“查无此人”

对你说（二首）

山东师范大学/徐　晓

无　题

该怎样把流入一个人一生中的水　都赶进大海
该怎样把一个人手心里攥紧的风　都送回天空
这些年　我经过许多河流
它们喂养我　洗濯我　进入我的梦境
不知不觉我也像水一样流淌　流向我的命途　流向你
而在深夜　我无数次与骨头里的风声不期而遇
它们像火山一样在我身体里藏匿　密谋
就这样　我的内心有时盈满　被滚烫的水灼烧
有时空荡荡　像世上所有人都抛弃了我
这样想着　我就想哭
就怎么也止不住悲伤

对你说

我想过就这样度过这一生
我想过你也一样
这被指责为荒唐，抛弃
秩序、规则和美的日子
已经远去
最好的春夏秋冬一去不复返

最好的时候一去不复返
落在我们肩头的雨静静地流下来
流到下个夏天又从天而降
我知道你和我一样
将失去当作一门艺术
将诀别作为命运的恩赐
其余的时候
安于钢铁般的意志
在沉默中守住了沉默
也安于疲倦和困厄
日复一日
我亲爱的兄弟
为什么我们互致敬意
却渐渐习惯
无法交谈的一生

回去（二首）

福州大学/许　磊

回　去

夜深了
踩着积水回去
重量都在脚上
两手空着
身体也空着
单调的民谣重复地
减轻我的重量
目光紧贴着地面
黑色的蚯蚓爬行
它们要离开水
我要回去
雪梨糖水还有半壶
古琴曲放在书架上
诗集摊开在折角的那一页

黑夜在倒退，追来
回去的路上
我们突然长满了脚

寻　找

拥挤潮湿的十字路口，
人群在阳光下乌黑发亮。
碾碎在路上的风，
推着池塘的泡沫，
白日的呓语。
从台阶上走下来的人影，
终于舒展了腰身。
路旁的栀子花藏在枝叶里，
你藏在花香里。

一个少年（二首）

甘肃省西北民族大学/许扬华

一个少年

当夕阳要去拜访另一个地方时
一个少年分了一次心，跟着夕阳去了远方
在山垭口时，羊群安静
翻过一座座黄土高坡，影子越拉越长
覆盖了身后的路径。多年后
在陌生的地方他一夜未眠，温暖的黄土
他知道她在等他回来

黄河段的老农民

几亩地，几条水渠
和一条能够听懂老农民哭声的
黄河段。在这里，老农民
打理祖祖辈辈赖以生存的土地
望着手中的青苗成为最后的麦穗
垄地里传出声音：什么他都不会
跟不上现代文明的节奏，除了种地
为了一家人的生活
孩儿的学费，病怏怏的婆娘
把一年的辛苦吞得一点不剩

老　村

复旦大学/涂　然

归去时，公路崭新得像一面湖镜
我化成房上泡酥的瓦片落入水中，一尾
溯洄的鱼在家中迷了路。半河骚乱
连扬尘都知晓我的姓氏，故意呛进身子
哼唧“死娃娃哟，我认识你爷爷的爷爷”
这声音像长长的绸缎，在阴凉的风中飞舞着。
见过风烛残年的黄金条，我乖戾地跪在坟前
祖上传下来的厚重仪式，变不得
正如我额头上的烂砖碎坯，百年前
被生生地踩在我爷爷的爷爷脚下
种出些养活十几张嘴的浆果，没变过。
纸钱被大火烧出墨绿色的草木灰
由鼻入脑，在摇摇欲坠中上升。察觉
众人眼里含笑的阴郁，老屋门前的
黄牛便转过头打了一个哈欠。山谷像一台
破旧的风箱，不厌其烦地开合着
吹得飞鸟如纸片，树林像猫一样呻吟

离去时，鞭炮失魂落魄，将后人的背影
炸得异常沉重。但此刻，它也是我兄弟
婚礼的伴奏。关乎喜丧，我总是不可妥协的
沉默。必须将千言万语压在心头，一开口便会
招致灾祸。家族浮沉的历史转折，鸡零狗碎的

生活场景都被刻成碑上了了的名字。碑文剥落
本就飘渺的记忆，像熟悉的山歌从坡上滚下去
又从河里袅袅升起来，似乎在寻找可以依靠的
巨石或者大树。

“你本该是士字辈，返回族谱最高的辈分。”
幺爷佝偻着身子，站在屋前的崖边
烟和话语一并吐出，轻轻地，轻轻地
在暮色呼吸的间隙里逃走了。我望着院子里
散落的松果和板凳，咬了咬嘴唇
几欲将这甜蜜的轮回，深深，吸入肺中。

时间你好（三首）

江西省景德镇学院/满何艳

时间你好

时间你好，天晴了
桂花的香，找到了你躲藏的天空
蓝色的河流，白色的情人
这是第二次，他们在同一条河流
相遇。第一次
是我。桂花也是这样
开在你心口，你说，那
像我的温柔

时间的失忆症

时间是个重度精神病患者
有意或者，无意
午夜之前开始失忆，开始
赶着丢失一半的黑夜共度一场激情
灯火仍旧照不明白日
像星星永远补不了夜空
时间的失忆症频频发作
把水当作我的乳液
挤出一滴，便当成它失忆之前的诗篇

午夜之后，患得患失
不再记得昨夜的事，昨夜的人
昨夜的痛苦不堪。以及
上一个黎明

时间里的风景

像别人的，又像自己的
或者谁的也不是
它就在那里，比人活得长
比风吹得远。唯一的
你走过能看见它静默地在一旁
能身在其中，能置之度外
每一次闪光灯亮起
时间就呼吸一次，很轻
像美景的一次凋零

爱家（四首）

安徽省铜陵职业技术学院/彭晓杨

沟和塘

爷爷那辈人
曾挖过细长的沟和
几米深的大塘
它们一边是田地
一边是大路
现在
外出打工的农民
回村，沿着大路把
沟和塘填平
盖起了新楼房
房前的水泥地总是
湿漉漉的
今年雨水多
淹死了不少庄稼

那个女人

我肯定经常
出现在那个女人的
梦里

她会梦见与我相关的
一些以前的事
或未来欢喜的情景
她肯定想抱抱我
然后拗口地叫我大名

都说母亲是
世界上最美的女人
但手机里有几张照片
是她的席位
我也想抱抱她
至今不曾被我
深情久视的好女人

爱 家

只有一个屈原
世上，我的父亲
也只有一个
他的名字里有松字
确实，他的双手
像松树皮一样粗糙
有韧劲

不像屈原
我的父亲是平头百姓
没多少学问
但拼命地爱着这个家
压力再大
他也不敢松懈

过节了
父亲会多喝一盅

墙头草

我骂它
无耻
没骨头
但又不敢
替它
站在风口

坐进身体的烟（三首）

甘肃省兰州理工大学/紫蔷薇

坐进身体的烟

在父亲接通的电灯下
爷爷抽上了带过滤嘴的烟
这时，烟也一口一口抽着他
烟熏白了他的头发和胡子
他还是习惯性地抽个不停
像一对深交多年的朋友
越老越想坐在一起打发时光

就这样，烟一截截坐进他的身体
交情越深，越能感到烟的重量
后来爷爷瘦成了一根烟，被时间
吸吮，他扛不住了就拼命咳嗽
想把相处一生的烟都喊出来
可烟已经把他的身体当作烟盒
坐进里面，再也不可能出来

木匠爷爷

爷爷的手艺很多
比如，农闲时做做木活

斧头撞倒院边的树
锯齿啃出横截面
墨斗看看曲直
推刨摸摸平整

他会做农具也会做家具
架子车拉回季节的重量
四格柜储藏一年的收成
方桌子放置一家人的生活
小椅子上坐着儿女们渐长的年龄
他也一直为别人做，做得越多
煤油灯的油越满、光越亮

后来大伯继承了衣钵
父亲做稳了泥瓦匠
爷爷说：他可以老了

秋风吹红夕阳的一天
爷爷给哥哥和我削一柄木剑
最锋利的兵刃，不需要磨刀石
因为它永远不会生锈

母亲的幸福

鸡峰山上跑下来的阳光
掀开了那块巴掌大小的麦地
盖了一个冬天的雪被子
母亲的春天绿油油一片

四月的风吹乱了村庄的头发

撩开遮住眼睛的那部分
油菜花抬起金黄的小脑袋
就蹦进了母亲的心灵窗口

一个五月的晚上母亲打电话
告诉我正在经过她中年的春天
像打开袋子晒粮食一样
她的幸福颗粒饱满，哗哗地
滚落进我面积不大的听觉里

多少年了，经常不在家的我
又想起流经麦地的那条河流
水面上忽然一圈圈散开的
不是涟漪，而是母亲路过时
不小心掉落的皱纹，一层层苍老

父亲递给我一支烟

江西科技学院/子　晨

六块钱一包的“黄果树”香烟
父亲抽了很多年
刚开始这烟卖两块五
后来卖五块
前段时间提价卖上了六块钱一包

六块钱一包的黄果树
为父亲缓解过头痛，牙痛
以及身体上所有地方的疼痛
贫穷是父亲身上最大的一块淤青
每一次生活将他打痛
他都用这烟来缓解痛苦

那天，父亲递给我一支烟
手法熟练得像他递给任何人一样
我一直在猜想
莫非，他也发现了我长大以后
那块长在我身体上的淤青？

那棵死了，不肯倒下的树

贵州省铜仁学院/杨　圳

仍站在我们村口
用傲立掩藏它已死掉的秘密
十几年了，我始终摸不透它的心事
死就死了吧，还站在那里
接受雷电的酷刑
在人间，将自己活成一个苦鬼

我始终认为：它该躺进坟墓，洗去记忆，忘掉艰难的一生
甚至，不必再轮回人间
然而，它总是站在那里
故意让我看见它浑身挂满的伤疤

本来嘛，这没什么
可看着看着，就让我想起了父亲肩上被生活咬破的齿痕

左右（或我的名字叫野兽）

甘肃农业大学/西　克

1

旁顾左右。他的耳朵失聪；暗语里
手掌心里。日出日落
庞大的长安古城里响起汉语的编年史
庞大的想象力可与秦皇墓地机关媲美
庞大的肢体动作是张骞西使的马队
而庞大本身比词语更美
比声音更有声。

2

诗集是兽医院停尸房里的悼词。
诗集比细菌图谱和骨骼图谱更有叙事性质。
诗集左右。有一位口琴技师；一位周刊编辑
和一位能减速时光的胖师傅。

诗集很瘦
诗集很美

庞大的羊群占领纸张的封面
庞大的汉字手持匕首

诗集北上黄河。若无其事的表情被一颗洁白的桃核击中
诗集也可以单曲循环，被一遍一遍地朗读。

它比鱼鳍更坚固。星星没有汇集之前
它比睡莲更幽暗。另外，一场幸福的圣礼正在策划

一幅关于白鹭和猛兽恋爱的油画
一幅羊大而美的扇面
一个设计者秘密着手酝酿新的流亡
探访极地之美。

3

营门村一号地处河湾脊梁偏北七十度
营门村一只庞大的河州古象身患布病
如同一滴水里资产阶级和社会阶级喧嚣的政变
如同城中村某酒窖企业的语言。比一个中年男人
的剃刀更薄，更薄。薄如蒹葭

虚度流年的时间机器重复那些腐朽的金属基片
支配丘脑和激素的中枢瞬间被快感冲昏头脑
祖国的疼痛直截了当：如同大树的肿瘤
西北的星星开始说话
西北的女诗人松松散散地挂在树上
熟透了的果子很安静
生根发芽。

——诗集把城市的高楼重新定义
——诗集把野兽引来　肾和玫瑰饮酒作乐

——诗集的诗体被人盗窃，抄袭，出版。而分文不取

那些撕碎的纸张　捍卫个人主义的想象
那些唐朝的鱼刺　抚摸现代的玻璃建筑
那些张着嘴的鸟　笑容愚昧
而讲述故事的汉字比呼啸的禅风更寂静
——诗集在佛中打坐。

我和左边的诗人讨论经商之道
我和右边的诗人讨论天水石窟
我和左右不善言辞；我们都忠于书写，挥毫泼墨。
蒙混中顺了一本古中国剑谱
比画诸葛亮羽扇纶巾的手势
比画盲剧天才的汉语。

4

个人悲伤比山水中的细菌孤独有力
个人想象比捆缚在羊角的铃铛清脆
——它蕴藏着河流和大地的走向。

豹子卧在一张纸上
头戴面具休养生息

生　活

延安大学/向　南

当火盆的灰烬中插满香烟的尸体时
日子正坐在女人的怀中老去
死寂的老屋里　蜘蛛
布满了八卦的阵脚
未曾打捞半点人腥

多年前的土灶
已被夭折柴草的怨气
熏得黧黑

那个炉火烧得正旺的早晨
我亲手在炙热的锅中盛出茄子未冷的尸身
母亲说
“你会生活了”
我便开始忧心
直到月亮吃掉天边最后一抹绯红

结局和小说里写的相反
几经试镜后
胡茬上爬满油烟
满脑子装着酱醋油盐
在岁月的结痂处
生活
安排我演俗人的角色

抵　达

山西省阳泉师专/荆卓然

每次抵达一座山峰之巅或者一首诗歌的制高点，
我的未来和恋人，就会在远方若隐若现。

不必喝酒，也不必喝茶，
更不必为赋新词强说愁，
我的目光就能翻山越岭，飞檐走壁，
抵达伊人的梦乡。

每一个人其实都长着一对翅膀，
你想飞，就能展开翅膀，
你不想飞，就是一块石头，
萎缩了想象的羽翼。

如果我的思念靠雷电的羽毛，才能抵达你的心房，
我愿意在云端之上，架起梯子，再展开翅膀。

九月四日（节选）

重庆大学/张勇敢

1

钢铁，除了钢铁之外
重庆的上空还悬浮着众多出租车和流浪汉的身体
一些诗的言语被发现、然后分解
向着楼与楼之间的荒芜散去

2

特别是此刻，特别是在像现在这样的季节
一些人习惯于用深夜麻醉自己
用恐惧谈论未来，其他一无是处，在他们之外
每一个有屋檐的人都做着美梦
每一个抱着星星睡觉的人总是有吃不完的好酒好菜

4

我们在恐惧未来中，敞开心扉，成为彼此的朋友
前面是一条路、一座桥，或者一片丛林
都足以让我们胆战心惊

5

夜晚的背后藏着巨大的语言
你突然开口，说：
一记拳头比一个吻更有说服力
我用双脚行走的时候，比任何人都要怀念爬行
上个世纪，我曾爬过整个重庆，用小腹用力爱着
每一次阵痛，都是因为重庆的街道
挤满群山的愤怒、历史的崎岖

死 者 说

安徽省安庆师范学院/李艳玲

没月亮，他说
眼睫下是空洞的眼窝
光明来自午夜
午夜来自情人的低吟
四百年胜过须臾
须臾被采摘
成为胸口的玫瑰

天人五衰是假象，他说
动动肩膀，沙土漏出骨骼
虚汗、疲软、枯萎、流泪
成为虚空
细沙流动，时间流动
骨架负担
不如大梦

荒凉如野，他说
近旁铁轨有人遗落一只鞋
乌鸦叫嚣，器官疼痛
喉咙被锁，双脚被封
禁锢如永生不眠的巢穴
侵吞、威逼、假诱
苍白似路人冷眼

我见过你，他说
荆棘和鲜花里
回忆和梦境里
一层一层海水和蛰伏的恐惧里
灰白色的鸟衔走最后落叶的秋天里
你站在画框中
只扛镰刀

灵　感

北京师范大学/褚云侠

当你问我何种姿态最宜放歌
耸峙在蓬台烟云中的山岛
像一只探看之青鸟，停落在我灵魂的边缘
它以深蓝色的慨叹经意或不经意地
安顿我久久的、久久的心悸
飞鸟从停落的那一刻起，就准备飞走了
你说海不过就是一片海，岛也不过就是一座岛
从此，青鸟寻找下一处栖息之所
而我，永远地固守着我的寂寞和不寂寞

十二行情诗（选三）

暨南大学/陈润攀

1

他留给你的背影在山丘
每到月明的时候，就溶溶地呼吸
你要在斜坡上疯狂地舞蹈，把忧伤捎上
所有爱过的，再做表达只能是游戏

你长长的睫毛轻轻合拢
无奈地关闭了谁，又向谁温柔地敞开
我把一座城里的所有妹妹都看成你
这样一来，算不算小偷般的痴迷

还未偷成的神态最憨厚
还未牵成的纤手最勾人
别想了，把你剩下的青春交给我吧
我这就带你回洒满阳光的府邸

5

未婚妻，你该是用猫的温暖给我愉悦的人
该是我把人生的短巷走得一波三折的人
该是老了，为孩子的福分，跪痛膝盖

虔诚地向神明祈祷的人

爱不是为了自己而存在
而是在另一个人的身上找到颜色
涂抹自己的全身，在欣赏者的眼中
找到被欣赏的自己，另一种方式的自我着迷

未婚妻，我经常想起你
不由得舔了舔嘴唇，没有淫念
至于太多、太多羞羞的话，不能呈于纸面
等到新婚之夜，我们被窝里再说

8

从任何一间屋子里出来，我们都不会
有太多的话要讲，因为很多情感
揉在一起，以至于无法归类
却又只要对视一眼，就彼此通晓

骨骼宽大的手放在你的肚皮上
往上是你越来越丰满的乳房
一切都在生长，一切都在衰老
当它们都下垂时，不着印迹的就唯有爱了

说来惭愧，只有在行云雨之欢时
我才大胆地说爱你
在双人床之外，谦谦君子
绝不轻易表露你就是我的窈窕淑女

孩子长大就回来

兰州交通大学/孩　子

铁锅锃亮，柴火正旺
暮色里烟囱摇晃
妈妈熨完一件皱皱的衣裳
奶奶翻炒我喜欢的味道

故乡只是游子的圣殿
外界是躁动者的天堂

父亲说去吧，去吧
把泪流在异乡的旮旯
干成了事业，就快回来
土地啊，放开厚重的手掌

河水浅下去
天气冷起来
柴火又冒起青烟
饭熟后，你没回来

岁月扣门
可以假装听不见
但瞳孔黯淡了
梦不再安稳

皱纹深下去，眼睛殷红
叶子枯黄枯黄没人收藏
孩子啊，收拾厅堂
歌咏生不起火的灶台

故乡这首歌
你唱才会懂
长江黄河
念在心间才算流淌

欲望狙击

河北省燕山大学/郝东旭

心中妄图冲出的野兽，
不断撕扯着我的欲望。
坟墓、火药味尸体…
萤火、幽灵的身躯…
赤裸的贪婪之歌，奏响在
步入殿堂的康庄大道，
炽烈的命运，
是划破天际的流星，
即使有短暂的光华璀璨，
终将归于原始的奇点。

想象苍蝇般
摇着硕大的复眼，
化身一个旁观者，
漫无目的地游走。
漠视眼里的一切灰白，
贪享于遍布的灯红酒绿，
与娇艳的野玫瑰
来一场放纵而热烈的吻。
如果看到死水静默地
在角落里吐着珍珠泡沫，
别奇怪，
那正是我的天堂，

飘着奇异的芳香。

我热爱一切纯粹的东西，
即使它包裹着丑恶。
霹雳咆哮着刺透层层乌云，
太阳燃烧着热流洒向人群，
大地以伟力奉献瑰丽奇观……
钢筋水泥的世界旋转成囚笼，
逃不脱，黑白交织的罗网，
挣不断，欲望构筑的枷锁。
我不希望你来看我，
因为，我这里正发生着灾祸。

我知道你终将会离开，
离开这个嘶吼的怪兽，
从颠倒的山尖
去往地底的天堂。
可你能否，
在离开前给我一面
充满幻想的镜子？
记录下你的影像，
让我窥探、分享你
不曾展开的思想，
以及藏在心里的压抑，
即使你心里从没考虑过
要和我一起面对。

我是带着笑来，
它反而凝固半路，
我只得不停疾走。

想把手放在地里生根，
脚却被换成轮胎，
留下一道道摩擦的印迹。
路边闪过一棵棵树影，
成了我故去的一段段记忆，
我紧盯着喧嚣之间的缝隙，
低头一个人，陷入沉思。

在告别之后（四首）

吉林建筑大学/何　伟

恩　惠

早晨我迎着阳光照射的方向走
我遇到的一切事物都是富足的
这阳光叫植物脱离寒冷
叫玻璃门窗开眼
叫地面的残雪
进入崭新的噩梦
漂浮在地面穿过灌木与白雪的
我的影子，坚实模糊
它没有心肺
不迎着阳光走
只是径直地往前
将要躲避阳光
从各个方向的恩惠

暂且存活的和正在死去的

我的屋内又多了好几种植物
现在我可以向别人介绍：
鸭掌木，散尾葵，常春藤
芦荟，仙人球，富贵竹

吊兰，虎皮兰，绿萝
一品红，红杜鹃，白杜鹃
脆弱的变色球，就要枯死的月季
正在攀藤的葫芦和野外带回的向日葵
她们有不同的形状、色彩与情感
所有到来的人都为这些植物分隔
点缀出来的空间惊讶，以至于像我
爱这屋内每一株植物
但我似乎又都不爱
她们那么分裂：
有喜爱向阳的，有喜爱背阳的
还有对阳光无所谓的
在这个屋子里她们像我一样
分裂，不能独立
暂且存活却正在死去

白色的竹子

在等候室有人抱着骨灰盒，招魂幡
哀痛与疲惫降低了他们的哭声
有人递来酒与饼干让等候的亲人进食
她的儿子坐在我的旁边
对着母亲灵牌上的照片哀哭不止
骨灰领取处弥漫着刺鼻的气味
犹如提醒生与死的形态差别
A114，她的白骨尚有余温
火化床上并非一片洁白
她携带的书籍和衣物也变成灰烬
混入白骨
她的儿子和丈夫将每一处骨骼拣出，碾压

他们不像其他人将骨头全部碾碎成灰
以至于她的大部分骨骼犹如折断的竹子
白色的竹子
安放于精致的骨灰盒中
带至遥远的山间
种于地下

在告别之后

在短暂的一上午的仪式结束后
我们带着她的骨灰离开殡仪馆
她母亲随身携带着发声的佛经
这固于她心间的堤坝让我欲言又止
我想起横陈于此的每一处白骨
都犹如我的白骨
没有温度，不具识别性
如同这每一个清晨
阳光透过窗子递来鸟雀灰色的飞行
我目视这一切进入晚霞的衰老之中
或者陷入雾霭与寒夜之中
终有一天这一切
空对窗户，雪地
没有锁扣的门扇
空对我化为灰烬落入尘土

背离（三首）

湖南第一师范/胡　游

根雕人

他首先要把那一堆挖回来的老根
看上三五天
如看环肥燕瘦
然后把她们的罗衫一一解开
从头到脚抚摸一遍

他爱上了这些死去的老根
它们曾经枝繁叶茂，青春飞扬
这是他的骨头
是埋在泥土里的闪电
百年后，他也期待后人挖掘他的故事

其实，他不是什么艺术家
他只是在颓废的木屑里
腐朽地活着
但是，只要他找到一种喘息的机会
就会对腐朽的生活开刀

清晨，几个清洁工在听国歌

清晨，在党校门口边上
停着一辆保洁车
车上有一副生锈的锁链
有几把有残疾的扫帚
有几个裂开的麻袋欲言又止

几个清洁工将垃圾倒到车上
将昨天与回忆装了进去
我的胃感到难受
不知怎么消化这座臃肿的城市

然后几个清洁工聚拢在一间简陋的屋子里
一边吃自带的早餐
一边听着国歌

背　离

我常常如哑巴一样
世人却滔滔不绝
稻子与稗子都在点头哈腰

我没有拨打手机
电话却接个不停
那么多人在抒情，也在抱怨

我对男人一本正经
他们却对我亮着狼眼

我被咬了一口，伤口却在流蜜

我没告诉乡下的男女怎么交配
他们小小年纪就无师自通
子孙成群

我不认识星星
星星却对我眨眼
身边都是熟悉的陌生人

我还在吃饭睡觉
没有藏到骨灰盒里
很多人却把我当成了逝者

六行诗

重庆长江师范学院/黄建东

黄河之上
我俯瞰芸芸众生
万木丛中
昂扬的火花欢悦
我的昨日和今天
羞愧难当

坐骑（三首）

华北科技学院/简卫杰

坐　骑

骑上坐骑，马匹或者毛驴
去追寻尤物，财宝还是转瞬即逝的美女
生存的意义在于摇桨，挥舞鞭子，和踏出的铁蹄
带上族人，要么只身前行

有很多东西我已经放弃，等待、爱情和痴迷
到达过很多驿站，那里没有通往迷惑的信件
很多事物的生命在于奔波，川流不息的水
呼啸而过的风，我们有限的生命变得葱茏

途中海水密布，列队呼唤引诱的歌声
所有的姿色都一笔带过，一堆厌恶的追求者
目光是不安分的奴隶，不安如炬
返回故乡，我们的疲倦可以替换海洋

没有目的的漫游，所经之途都随之溜走
拜访数位雕塑，哲理、琐屑和淫秽都呼之欲出
尽快赶路，赶着牲畜，赶走忧愁
不必着急，很多事物在某刻等候我们良久

表 演

从人群中经过，经历陌生的自己
迷失在何处，听谁指挥
每个人都有权力，发出嘈杂的轰鸣
嘈杂是人们的肮脏与欢迎

身处庞然大物之间，庞大的魂灵已被掌控
声响再大一点，奇技异服也已登场
不断更换面具，我们是狂欢的海浪
舞台上下各有一面镜子，谁也不能认出自己

快来加入，加点微风，调入真情
这刻忘记自己而感动
词汇、姿势和布料争相献艺，灯光是安静的观众
人们都是主角，主宰黑暗的世界

作为自己的欣赏者
有必要建起空洞的高墙和拆掉伪装
能够产生什么样的反应
这决定我们继续沉睡或者假装清醒

漫 游

在草坪周围环绕，视线也对众人环绕
将步行换成轮子，将空气和时间燃烧
去追寻还是躲避，什么能被轻易驾驭
人们在途中，来不及思考

从故乡到异乡，伙伴更换
追随陌生人，暂停美好的信念
小心翼翼地滑，遍地都是深渊
被谁引诱，被囚禁在山洞

河水像乘了一艘船，风尽情地漫延
拨弄水草，每一朵半开的野花都有心跳
太阳懒散地照耀，懒散的扇子摇晃
钟表是一个圈套，圈住了绵绵不绝的祈祷

设置好的轨迹，谁识破这诡计
生命有一条鱼作为轴心，生生不息的漫无目的
月亮、潮汐和焦虑等候磁场的旨意
准备好粮食，准备了一场意外的漫游

忆少年（四首）

四川大学/蒋来明

祖 父

我在等一个人
一个死而复生的人
用头发拴住整条河流
在一首诗中
长眠的人

石头
这些坚硬的棱角
已破裂
我在等一个人
完整如雪的人

把帽子挂在树上的孩子
扶不直炊烟的鸽子
我在等一个人
爱笑的人，爱哭的人
屋檐下
抚摸羊耳朵的人

池塘里鸭子成双对

公鸡打鸣，母鸡下蛋
枇杷树在风中转
我等的人
是那丢下一切
不顾的人

他要回来了
他带着满身的雪
带着整条激动地河流
遍野的花草树
满山的羊马牛

他蹲在玉米地里
他看上去很瘦。

忆少年

那是我第一次给她写信
岁末的贵阳，城中下着小雨
我写信，写细雨入药，可治相思
她一定记得清楚，那是个
糟糕的天气。路上行人散落
我们绕过小山的积水
咕噜咕噜往湖边去
我的旧情人，如一块薄冰
冒着寒气。我没有牵她
也没有吻她，我们之间隔着
几棵树，后来也被人砍掉
我们绕着湖边走了几圈
在雨停的时候，又回到起点

树桩，假山，喷泉
我们一次也没有破坏过
水在湖里，湖在山上
再后来的事，我也记不得
但我肯定清楚，信中有一幢
木头房子，房子后面有片竹子林
如果你沿着贵阳的天气
往里走，你就会看见我
那年，我十八岁
在一场细雨中，擦洗身子。

山水居

房子造好了，依山傍水
夕阳在风景中，投下
温和的时光
隔着窗子，看远方
小鸟还没回家
泰迪犬趴在树下，汪汪叫

儿子正从远方归来
妻子在厨房烧菜
一个温暖的故事，总需要
三双筷子，吃掉它
和它的真理

来，去屋后的花园走走
青草割着脚背
树叶在风中，沙沙作响
累了，就坐到屋檐，聊聊天

城里的亲戚送来香烟
我们点燃，月亮就出来

青山瘦

日子是反复的。青山瘦，落日肥
多年不见，你只顾整日整夜地端坐廊檐，抽烟
将半截脚趾埋在土里。你胸口宽阔
容下半座小城，你年轻，细腻
却不慎被一棵树伤了脾胃——柠檬酸涩，柚子
甜美，葡萄还在枝头，如蒋姑娘的齿印
在肩胛骨，生疼，拨动凡心
你就是手捧火焰的男人，眉骨高耸
满目清风，那蒋氏的屋顶在火光中宁静
河水倒映出死者疲倦的碑文
她与你本不相识，只顾见你：一遍一遍地
修炼山水，修炼青山瘦与落日肥。

在矿山的日子

——记在河南小秦岭下矿井

中国地质大学/孔　亮

七月，我去矿山了
下矿井，跑野外
这大概都是地质工作者需要经历的

矿井里，等待是必需的
因为罐笼车是用来运矿石的
把矿石运出去了
空罐子进来
才再把我们运出去
当然你也可以选择不坐
那你得确定你背着样品能爬得上
两三级几百米的斜井
再走上几公里的巷道
而我们选择了等待
所以我们大部分时间要在等待中度过
也正是如此
我才有时间拿出手机随意拍拍
以打发这漫长的等待

矿井里经常是黑漆漆的
长期开着的电灯也是有气无力地在强撑着
再加上

要十分注意头顶上的电线、碎石
脚底下的采场、积水
有时
你还要带上个打火机
点火看看通气是否良好
而且
空间比较狭小
你的视野只在你的手电筒所及的范围
所以
你会比较想念
有阳光的有新鲜空气的开阔的大地

一天中
最轻松的时候
莫过于晚饭后了
那时
可以在这附近的村庄走走
看看挂在树上的核桃、苹果、桃子、梨
也可以与当地人
侃侃天

爱毒（二首）

华北科技学院/姜玄之

爱 毒

凡是物种皆需要爱情
你们被分辨为两性
爱情像清泉从土里生长
又像密布的乌云从天而降
无凭无据

从冲动到冲动的演变
需要忍耐，而饥渴难耐
不在乎庄稼和同类的生长
元气与精气都凝神屏气
于情于理

用火焰杀死方圆的植被
我们的精力是从天黑到未知的天黑
冲破阻拦的堤岸
让人类见识什么是塌下来的天

相爱是对方腹里的毒火
拥抱是一次艰难的跋涉
来到刀山油锅

得到爱情正是得到不惑

故乡的母亲，是童年的日月星辰

还回去吗，能回去吗
还有多少鸟蛋能允许我们粗心的遗落
如果迷失，就再也找不回故乡的麦子地
除非置身于破旧的屋前才会有永恒的昭示
离开曾恐惧的咕咕鸟，夜晚浇入几杯勇敢
喝光数条忘川是否可以切除眷恋

把凉席褥子铺在星星点缀的黑夜下面
长辈们古老的秘闻昨日仍记忆犹新
北岸来的狼或者傻蛋如今与我们纠缠
我会硬着头皮独自去夜晚空旷的麦场
那里有饥饿和田鼠成熟必需的食粮

麦子秸秆是童年的襁褓，温柔堪比秋千
迟迟不散的袅袅炊烟，衣食无忧暂没变迁
筛子将好的麦粒留下，手掌与簸箕在纹理上纠缠
阳光大好，朝南的窗户太小
去找几个伙伴摔跤才不会忧郁的如此潦草

还吵架吗，成功了，同样多的是失败
孩子分不开，还有那恹恹欲睡的生死相依
去寻找生命的桃树，我还来不及放下饭碗
隐晦的预示着今天要做一个灵魂的流浪汉
坍塌了的土地，河岸将存在的铸造成神迹

麦芽河幻想（三首）

广西民族大学/李富庭

第五季节

所有的风霜雨雪都沉默
在这个季节
找不到任何一个有温度的词语
无尽的荒漠，无尽的海水
骆驼载走风沙，巨鲸撞击海岸
在这个季节
找不到任何一艘远行的航船
无数条鱼从天空降临大地
一个雪人坐在太阳肩膀
枯黄的叶子举起鲜艳之花
在这个季节
找不到任何一个悲伤的故事
没有生离，也没有死别
这个季节安静，没有任何声音

麦芽河幻想

夜晚九点半，黑色鸽子饱餐一顿虚无：
卖水果的男人，吃炒粉
卖炒粉的男人，吃水果

天空，星星彼此交换孤单
小孩不知道孤单，与泥沙玩伴
许多条鱼，在水里
一群又一群的鱼
争先发言，热烈讨论
绿色的会场，暗夜中发出寒光
三条腿的猫，蓝色影子受了点轻伤
城市屋顶上偷食月亮
士兵顶着白色脑袋站岗
幻想脸庞，雨后车轮碾过半边潮湿
车轮在麦芽河里流淌
流淌在垮塌的胃里继续
秋天也继续流淌
涌向麦芽河的堤坝
击碎了异乡人的惆怅

清晨的寒冷将我托起

清晨的寒冷将我托起
寒冷不属于任何一个四季
来自东西南北，来自天上人间
蝴蝶的蛹包裹着一切，包裹着清晨的出口

时钟在白雾中走向模糊
秒针、分针以及时针都被冻住

沦陷的岛屿，断了翅膀的巨型怪物
岛屿漂泊了几个世纪
仿佛它一出生就开始了漂泊

半个瞎子装疯卖傻，他只盲了一半的眼
简单拼凑的竹筏，老渔翁挥手
钓起了自己枯干的影子

家　乡

湖南省南华大学/李孟庭

有谷粒在等我，
金黄的，干净的
一颗颗堆满屋子。

爸爸说时间不早了，
该出门，到远山去，
拾够一天的柴火。
让他再睡一会儿吧。
妈妈轻掩上门。

我家的老黄牛会说话。
只有我能听见。
我家的鸡也会说话。
我家的狗和猪都会说话。
只有我能听见。

那颗桃树该开花了吧。
就在院子里，
洁白的，细腻的，
一朵一朵。
一朵一朵。
一朵一朵。
起风了，又要重新数一遍。

电话那头连着妈妈。
她说家里很好。
她说爸爸又忙活去了。
她说她在学刺绣，要给我
绣一个大红鸳鸯被。
几声狗吠。
凌晨的风很冷。

我挖了那条路的土。
那条路该想我了。
小时候，在上面玩泥巴
长大后，它跟着我到学校。
现在，它跟着车轮，滚啊滚，
转到了我在的城市。
我害怕它在车水马龙里迷路了。
我挖了它的土。

家乡的山很美，
家乡的水也很美。
家乡的人也很美，
不然，为什么他们总躲进我的梦里。

我当时记得（二首）

西北民族大学/李　明

我当时记得

在藤椅上我听得并不多
关于过去的种种，还有一本我写的小说
路已经修到尽头，阳光温暖没有云朵
你就在不远
你离我很远
麻雀在年久失修的阁楼里晾晒寂寞
我闭着眼睛，又开了几个花朵
那个午睡的女人被鼾声吵醒
转过身又睡着
我想起你习惯在窗台前哭
而外面雨下的紧
一只鸟跌落在黄昏里
有些痕迹提醒我是一个孤独患者
在你身边睡去我拒绝了黑夜
你走过，我在你停留过的地方蒙头抽烟
还有一句话是我穿着皮鞋对你说的
你没有记住，我不想说明
在最安静的时候床上空无一人
灯灭了，我问你记住了什么

一九九六年，我们

你当时坐在我的对面
你当时在看着报纸　我在失眠
一九九六年的火车目的地是去南边
我没有行李　你是黑夜
除了路过的　就不需要白天
你翻过一页
你翻过一页　凌晨三点
邻座的人在打鼾
还有那几个偷看你的男人也已经睡去
我在失眠　就在你对面
是六月十四号了吧。你说
放弃沉默我不反对
我在失眠
灯亮得很脆弱　哪还有什么思想
忘了不该忘的　譬如要到达的地点
是黑了　还是会亮
你放下报纸　我们都面向窗外
什么方向　什么思想　今夜一切都向南边

一九九六年的一天
你在我对面睡去
我在失眠
我除了失眠　还能为车轨做最后一次抒情
那是从前

黑夜他没有脚

上海出版印刷高等专科学校/李　荣

黑夜他没有脚
地上也没有他行的道
残月不会照
阴风却会鬼叫
送来一曲歌谣
满满的都是嘲笑

你看
枯枝衰朽
却也敢卖弄风骚
搔首弄姿自以为妖娆
病犬苍老
却也敢放肆咆哮
妄想一口就把他吞掉

而他最是奇妙
只一颗心儿不停地跳
不停地跳
伴随着夜的寂寥

竹林八贤（选三）

重庆第二师范学院/余和鲲

淹死的鱼

五光十色的眼睛，把属于大海的尾鳍望断成一座城市。
中间有一片孤寂的竹林。
一条淹死的鱼挣扎要不要入海。
猥琐的、颓废的、虚伪的海浪把它卷入海的怀抱。
刺穿它所有的组织，把血一滴一滴收集起来放在一个贴有标签的玻璃瓶。
它的心脏在悸动，血液流成淡粉色的车辙印。
把它的理想碾碎成一摊血污。
海把所有鲜红的血稀释，稀释成淡粉色，稀释成天蓝色。
大海的号角响亮，刺耳，把我吹成一个聋子，把我吹成一个瞎子，
把我吹成一个四十五度角的图形。
我打不开时光的铁窗。
大海把我蹂躏成工具，一只淹不死的鱼。
大海把我的脑脊液缠绕成一束鲜花，
盛开在黎明的黑夜。

旋律走失在二六三年

山涛与王戎在洪荒中走向了平庸。
时间带给他们一个信件，写满了理解和宽容。
三叶虫的纪年没有改变，

宫商角徵羽还是那样嘹亮。
把磬钟敲打成《广陵散》，伸直了脖子，身体是一个直角。
我看不见我的身体，
即使是四十五度角的身体。
菜市场上，血一滴一滴漫入鞋底。
把云和雨染红，把过去和未来折叠成一个直角，把竹叶尖尖染成了恐惧的风，
吹走了恐惧和妥协。
嵇康被风吹走了，
以直角的方式跪在地上。
风把他从理想吹回理想。
他还是怒了，
说奥陶纪的三叶虫把脆弱的肉体埋在深处，不会露出来。
二十年了，他把脆弱的肉体埋在泥土中，红尘俗事叨扰的只是坚硬的外壳。
可是，终究我们都不是只有坚硬的外壳。
我们把脆弱的肉体伸出来，被一刀毙命。
刀斧手拿起他们的利器，结束一个人的生命不需要怜悯，肌肉也不紧张。
就好像风吹落一地竹叶一样，
也不需要什么力气。
宫商角徵羽消散了，化作了一场血与泪的旋律。
把时间的隧道敲响。
旋律从那头传播到了这头，多么嘹亮，幽远。

竹叶煮酒，溪水煎茶

我回到你的怀抱，你却不能抱起我的理想。
旋律还在，气息萦绕。
竹叶可以把酒煮沸腾，弥漫整个林子。
烟雾可以把时空掩埋，空虚了古往和今来。

弹琴、长啸、穷途、末路、大哭、哀号，所为何事，又想哪般？
弹着琴，写着诗。
茶里面不会出现污血，酒里面不会有蛊毒。
如果你们可以把时空的隧道打开，我愿意做第八个赤子。
与你们穷途末路、红尘作伴。
竹叶煮酒，溪水煎茶。

待字（三首）

浙江传媒学院/南　来

待　字

偏旁是汉字的首饰
耳坠或者琐碎的花钿

或是宽松的氅衣
隐蔽或腴或瘦的形体

或上身紧贴的束胸
勾勒发育的乳房

葱样精巧的三点水
翘着兰花样的指

阔足踩着的花盆底鞋
打破小脚的审美

木字旁楼下背面立着的女人
厚重的发髻上插个簪子

娶过来嫁出去
作了别人的偏旁

桃花扇

市面上的桃花扇仿佛有愧于桃花似的羞赧
秦淮河两岸清一色的商人没有美人
慕名而来败兴而归
仿佛谁对不起谁似的

清朝对不起明朝
明朝对不起南京
照这样惭愧下来南京是愧对于香君的

“六朝古都”种种妆奁
竟欣然而然地却之不恭
如今的桃花想想古代的桃花就愧色难当

早　朝

大雪封城
长安的夜才真叫夜
说睡就睡
赶明儿起早上朝

天未亮烛火澄明
戴冠佩剑
金玉相触声不绝
宫门徐徐开

禁军的皮靴油亮
庭中大火炬

烧炭的炉焚香的炉
曙色渐分

君臣殷勤为政
象牙白的阶除和笏板
木石结构的宫殿
容易发生火灾和专制

规则（三首）

首都师范大学/吴　猛

规　则

最爱捉迷藏的小胖
也许是藏得太真
至今
还没有出现

曾经在游戏中寻找的小伙伴们
还没找到小胖
就在母亲的吆喝声中
回家吃饭了
小胖在他们酒足饭饱的印象里
早已瘦得没有了人样

当初没有参与游戏的小胖的父母
却苦苦寻觅了二十多年
只有他们还在陪着小胖
认真地做游戏

在瘦小的身体中建造一座大坝

在瘦小的身体中建造一座大坝
拦截住江河日下的辞藻

哪怕是眼前锈迹不堪的海藻
也曾带给我大海烘焙的气味
有太多的事物从身体中漫过
黑夜中的萤火虫你还未带我回家
搬家的蚂蚁你是否能带走一片乌云
人群里你张望着一个别名
我不想它们经过我时只是一个相似的背景
我要建造一座能激起浪的坝
摇曳着星星，花朵与贝壳
流走的都是想走的
留下的都是满满的我

梦

一场梦赶着一场梦，一朵云吞下一朵云
间歇的灯摇曳着走廊低沉的沸点

黑夜正在通缉告密者，假寐者
清理现场，像保护证据一样掩饰卧底身份

第二场梦结束还有十分钟，观察员
截流出高潮的尾声注入下一场的洪水

房子随波逐流，汽车在天空中奔跑
水中的小岛是人们等车的站台

黎明收拢腹部，吹熄梦的引擎
黑色的幕布遮住黑色的夜晚

醒来的人，无辜的回忆起梦中的事物
前两场时间太久记不清，最后一场镂空成一点影子

显微镜下（二首）

华中农业大学/李一城

为零点的微生物学实验室而作

即将站着入眠的瓶瓶罐罐，是装盛这个
午夜的良好容器：我与零点的钟声，
都在时针的尖端打捞尚未成熟的巴斯德。

离心机卸下漩涡，水浴锅煮着冰，所有的
加样枪都在稀释空气暗藏的风暴。暂时的
安静，让通知书更像停战协议。日光灯

剜出长着霉斑的光，落向我吱吱作响的
黑色眼睛。耳廓边缘，芽孢以主人的身份
吐出一张雅思成绩单，陌生的口语挣脱

它的英联邦。门的背后，摞起的平板
充当通向未来的门票：我是危险的持有者。
地图别在菌群体内，都在一次加速后

朝着深处伪装，仿佛被黑暗淋伤的蚂蚁，
攥紧室温中的陷阱。此刻，我与氯化钠
无异：把多余的身体，发配在时间的

摇床上，跌跌撞撞。易受潮的我，黯淡
如窗外黄铜色的月光，在等待被涂布
形状的培养基上，浸入历史的福尔马林。

为晚餐后的微生物学实验室而作

我偏安一隅，占领了实验室的零族位置，
闲适的目光推窗而出，贴向夕阳簇拥的
细碎的武汉。空气中仿佛有一条长江，

让我想起时间的发酵罐里，被氧化的
赫拉克利特。对于胃，晚餐约等于开始
退潮，像一次始于珠峰的抛体运动。

我打开杯盖，试图在温热的咖啡里找到
杯子的第三条河岸，而远处的实验台，
刚从灭菌锅完成受洗的广口瓶，祷告声

纷纷升起，又迅速落幕。计时器上
闪烁的数字不断脱落，像灵魂的端粒，
被时间纠正一遍又一遍：每个人的口袋，

都装着同一个精通分身术的死神。天暗
下去，光仿佛重新回到米勒的曲颈烧瓶，
去偷盗新的氨基酸。都市的标准曲线，

把我电荷般的身体悬挂在拐点：一枚
普通的大肠杆菌。傍晚时分，我总感觉，
无处不在的列文虎克在显微镜下观察我。

我们的墓志铭（二首）

西安建筑科技大学/未　名

当我们老了

站在镜子前
看不出我与你有什么
不同皮肤陷落
手脚迟钝

性别的差异只存在于
儿孙的口中
我们十指相扣
互相搀扶

原本只是青春的一个诺言
如今心都贴在一起了
回想起以前
眼睛亮得能看见声音

儿孙听腻的话
我们说了千万遍
我们慢慢开始
经受不住季节的打扰

夜晚我们总是为对方
多加一点被子
身体的热度已不足以
暖被窝

身体紧紧贴在一起
却无关性经历过太多的风霜雨雪
我们早已走出了身体
以灵魂度日

我们的墓志铭

在我们行将朽木时
就要给儿女嘱咐
在我们死后
将我们合葬在一起
像活着的时候

不要上好的棺木
不要排场的坟墓

骨灰掺和
黄土掩埋

立一块儿小碑
刻上：

他们活在
对方的体内

听着浪声死去

北京交通大学海滨学院/刘骏文

愿意化成一只从云霞下南飞的鸟
他们说京津冀的雾霾，让心关上闪动的窗户
他们并不知道，眼睛一直是为了那双翅膀存在
他们在车站上，找寻回家的拥挤路
他们，还喜欢喝酒抽烟玩牌
他们不知道高空缺氧，不知道缺氧会停止心跳

我们，如果变成一双飞翔在起风海面的鸟
我们不怕灰暗暗的天空，不怕没有今天就是末日
我们在他们哭泣的彼岸，在不为人知的公元2015
我们嘴角含着红色玫瑰花瓣，眼角眨动泛着泪花
我们听码头上也有人弹着吉他唱着陌生男人的沧桑
我们遇见喜欢摄影热衷行为艺术的年轻姑娘

你们，总在疲倦时候幻想你们像落叶凋零的梧桐
你们，不知道你们就是他们的生命火车
你们，疯狂了一条街道找到没有红绿灯的斑马线
你们，哭着再也走不到公园路上的小石板

我，我想听着浪花死去
我想在变成他们、我们、你们之前
用颤动的嘴唇吻上懂得浪漫人的耳朵
听，浪花拍岸，听彼此淹没在永恒的大风里

先于我失去的（四首）

江西师范大学/苏年川

庭院深深

雨水在枯萎的树干里存活许久，天一放晴
虫子被阳光洗刷，身体透明——
爬出庭院深处。整个院里热闹起来
一只鸟潜伏在远处瓦房上，观察人影的痕迹

风在天空的喉咙里，细心地绣着
命运的花纹；披在大地上，如过客的袈裟

距离之美

靠近、靠近，再靠近一点点
纵使代沟已经成为鸿沟
将我整个童年葬送——我的心
仍然在渴望靠近
靠近他们愚拙的爱，靠近他们
强行植入的爱

他们被苍凉的风吹白头发
接着吹干面颊上的水分，直到
只剩下一个如枯莲般的笑容

僵硬在脸上。他们
坐在门里面，背对我垂垂老去

朝阳升起来了，就意味着
一个地方将要暗下去

先于我失去的

那些先于我失去的，我们应该
这样认为：其实你并不需要
倘若你急切需要，那么你就不会失去它
当占有欲充斥着所有的念头，请你想想
你占据所有的“得到”
使得自己“富有”，其实，最后你
不过是背负了超过你身体
与精神极限的行囊。事实上是
那些你拼命占有的，对你并没有作用
于你来说，不过是垃圾
想到那些先于我们失去的，第一反应
应该是，他们将成为别人的需要
以后当你需要的时候，那些先于你失去的
会以另一种形式重新抵达你
刚好成为你再次飞翔的翅膀

远处素描

青色占据了整个山坡。人影如断线风筝
没有规矩和方向地散落四周
稍微平缓的地方，驻扎的房子就像过去的补丁
破坏了那种美感，但却给人一种静谧的悠闲自在

那些速度很快的车子，带来了新时代蓬勃的气息
远处鸟的翅膀，在空中是静止的，滑翔着
我端坐在湖边，湖中人竟瞪着我，我还没有开口
一阵涟漪就散开了，像我的心
被远处尖利的山顶，忽的一下扎开一个窟
里面灌满了风，时光静止了

数婆婆（二首）

湖南科技学院/隋佳宇

数婆婆

每年夏天，当我走进这条小巷
巷子里都陈列着一些婆婆
张婆婆，李婆婆，王婆婆
爱穿蓝布碎花的婆婆，做针线的婆婆
和用方言哼着小曲的婆婆
屋子里清冷潮湿
婆婆们就在巷子上晒着
晒着，晒着，就是一个夏天
晒着，晒着，就不知过了几个夏天
有时候，婆婆在增多
有时候，婆婆在变少

写给诗的话

我想，我是卑微的
对于你，我不及一个标点更重要
动词、名词、形容词
以及他们的帮凶
接连从我的园子里跑出去

真是抱歉
原谅我留给你的每一处遗憾
我想，那是我们不可回避的一生

环珞珈山（三首）

武汉大学/午　言

桌前随想

月份呈线性向前延伸。针状的日子
如枕木一横，粗暴地将其锯断

铁轨的尽头甚似我们几欲分离的静止
丰水期如约而至。东湖和磨山仍在——

水与石头的成分恒常稳定。一根茶叶
将往事依次展开，重又眠于杯底

这片东湖

月亮的疤痕被波纹吞掉
表层的水声
应和着梧桐叶片的振翅

我骑车来到栈桥：一排囚禁双脚的镣铐
所有的影子和四面八方的光
都刺向我。这片水域开始朝我进攻

并不能听见鱼群的夜话，也无风涌入

广告牌背后不再是飞蚊的临时避难所
啊，我的身后突然站满了故乡的树

再一次来到这片东湖
而我不知道是来寻觅你还是寻觅故乡
友情总是覆水不收

然后果实般回头……

环珞珈山

九月在珞珈山的侧刃上
磨着刀。香樟树一片青，一片
落地的黄，夕照送来千万根金针
尽数刺在环山路的腰带上

“并不是很疼啊”

竖着烟囱的老楼漾出整片水波
白发佝偻身子，枯枝也是
布满荒草的小径卧听几世足音
分岔路口，风割破了手

秋分：九月更加锋利了

沉思的月亮（三首）

北京防灾科技学院/李庄子

荷　塘

这片绿色闪耀着静谧，
无处不在的风像水面的波纹四散。
绿色如同深夜，
将我对他的青睐化为睡眠。

时时刻刻都不能忘记过去的自己，
时时刻刻都不能忘记那时的回忆。
荷花与我对视，
我却隐藏在垂柳里。

如今的绿色已经很浓厚，
我夸赞他美丽的色彩，
他似乎很欣慰，
因为他的暗淡却有着光彩的动力。

沉思的月亮

事物好像寓言的钟声，
敲碎世界最惊人的声音。
月亮在沉思，

我对着月亮沉思。
好像爆炸的目光惊动闪电。
但还是被平静的力量所左右
月下的浪漫。

不是停止了得手，
他只是遗忘，
忘掉没有忘掉的记忆。
在世界的风中他被吹灭了一天又一天，
但还没有忘记你脸上沉思的月亮。

那些人

生活像迷路的终点，
忘记了自己的影子。
他们被穷困的力量推动着，
但仍旧不顺应自然的风。

那些人每一步都将自己家的地踏出了深坑。
钟表好像命运之门的钥匙，
总是那样的无动于衷。
房子像云朵一样一捅即破，
日子像汗水打碎了一天又一天的宁静。

我的祝福像那些人手上的枝节，
保护着那翻滚的玉米的香甜。

黄河（节选）

兰州财经大学/孟甲龙

3

阅读你的天真，祈祷水一般的明天
像乳房一样柔软的河床——
在五千公里的藤蔓上吐纳美梦
氤氲出独具特色的民族韵味
河水迸发出苍茫，在俗世里褪色
我为错过的一江两岸而百感失落
犹如千金重担，把生命里潜伏的咒语一吐为快
仰望，在诗人的狼嚎里变白
在宣纸上呼吸出最后的归宿，原谅我——
短暂的一生无法阅尽你的电光火石
梦跌落在水面，落叶的忧伤
也归宿在天地的囚笼
我在瀑布里涅槃重生，像浴火凤凰
在一个悬崖绝壁上蜕变
完成自由驰骋，以全新的血液去浇灌黄河的草色

4

自从爱上你的涛声，我便爱上了孤独——
我怕在死之前
也不能解开你所有的人文密码

也无法跨越你形象的神韵
雾里乘船，呼吸、吞食、接纳、拥抱
仿佛一只春蚕在桑叶上匍匐
再消化掉所有的雾霾与痛苦
把神往谱写在河水，不去理会祖先进化的规律
也遗忘掉耶稣神圣的宣言
从此，生命里只有一种回归——
也只有一种仰望。顺着一条河逆流而上
在母亲河寻觅幸福的源头
揭露出所有的白骨
尝试着经历死亡来临之前的波浪汹涌
自从遇见你，生活的阴霾烟消云散，我不再活得消沉

6

把水的神韵写进栈道，喧闹在水里升温
古老的进化在破碎中凶神恶煞
一曲将进酒歌谱写了高潮
当梦在污浊的土里诞生
便开始了一河两岸组章的仰望之水
我亲吻千遍，即使粉身碎骨
也要在死神来临之际回归黄河
然后转世轮回——
把梦想的羁绊打入死牢，拯救被尘封的灵魂
在水里洗涤肉体
把疲惫交给河床的细土
当朝圣的律动在耳边翩翩起舞
我便清醒，才知除了宫、商、角、徵、羽
一河沉浮也能奏出阳春白雪
涛声与岸边碰撞，摩擦出福音
五千弱水，时刻燃烧着我回归的神经，仰望、膜拜

黑夜，黎明

江苏省泰州职业技术学院/刃

田里的稻草人，
你为何不动，
只有稀疏的声响，
乌鸦停在你的肩头，
伺机而动。

夜风拂过，
你轻轻摆动，
惊醒了那黑色的乌鸦，
但是它们依旧肆无忌惮，
因为黑夜里看不清它们的影子。

黎明的光，
照耀着大地，
被阳光晒伤的乌鸦四处逃散，
回到阴冷的角落，
等待黑夜的降临。

现在，
或是黑夜，或是黎明。

我不知道。

终于的雨（三首）

贵州民族大学/若　围

终于的雨

路在忙碌，车在忙碌，红绿灯的……
雨还是来了，淋湿我，我的身体。
奔走，奔走，去哪儿?

石阶湿了，一条下山的路
勒紧脖子，张望着天空，
雨终于来了。淋湿我，我的不安。
颤抖，颤抖，病房的急救灯!

我是一张枯黄纸上的人力车夫，
在雨里奔走，一双眼睛充满着渴望，
抓住吧。就在消防栓前停下，
越近越好，最好就触碰它。

把我关闭，关上我的病房……
一条下山的路，石阶上的
双脚走了，我愿做倒地的秋风落泪!
像那双眼睛充满着渴望，濒临死亡。

窗下的路

是草是花，还有树
清凉的风愿意吹
路过的人，石阶铺列成九层
泥土是窗下的，是一个戴眼镜人的
生长，衰老，死亡
另一种生物的身上
花到了凋谢，草也黄了
斑驳地躺着，开始只有颜色腐烂
眼睛看得真，眼睛傻了
腐烂，腐烂成下一场生命
扭曲、茫然、不解！眼睛傻了
一个戴眼镜的人，双眼腐烂
窗里窗外都来来往往
……来来往往的
老树死了，小树生长
石阶的脚印，如此地光滑
除了草会活过来，窗子依旧开着
一个戴眼镜人的，石阶有六层
八层是树的，影子拉得长长的
从早看到晚，小孩、雨伞、灯光
第九层，一双眼睛傻了
连骨头都开始转动，吱吱喳喳……

埋　葬

天黑了，夜色浓
光脚的孩子正在哭泣

是风带着帽子，寻去海边
那一双野脚上了车，路人昏昏欲睡
坐着的身躯，像解脱另一半生命
点着冥火，在远方的灵柩燃烧
再种下一半骨头，下雨时
逝去了喉咙，眼角落满了泪水，心里的血液
像烈火燃烧的帽子，封住了生命
在涂涂画画……
野地就剩枯桩，敲着丧钟
孩子思念明亮，在黎明寻太阳，下着雨
犁头撞破了，半夜里就会变成沙
一个个火炉在梦里看着白天，在心里燃成灰烬
夜黑的窗是那一束鲜花，血液成河
在大海中烈火燃烧，埋葬孩子
这一夜的生命，用哭泣带走命运吧
野脚留下的浪花，让车子装满记忆
跟宇宙汪洋，黑夜就是黑夜

附录一：第六届“包商银行杯”全国高校文学作品征集、评奖、出版活动·获奖名单

一等奖（3名）

《赫本是个好姑娘》（诗歌） **倪广慧**（西安外国语大学）
《南方》（散文） **十一娘**（西北师范大学）
《山鬼》（小说） **欧阳德彬**（深圳大学）

二等奖（9名）

《教归辞》（诗歌） **周小茗**（华南师范大学）
《山水之间》（诗歌） **公刘文西**（福建省闽南师范大学）
《招生简章和少年锦时》（诗歌） **童作焉**（复旦大学）
《褶·宙》（散文） **胡姚雨**（东南大学）
《土地挽歌》（散文） **杜永利**（河南理工大学）
《我与地坛》（散文） **西　贝**（北京师范大学）
《没人像你》（小说） **韦施伊**（暨南大学）
《日夜浮屠》（小说） **封文慧**（北京师范大学）
《老电视》（小说） **陆世初**（广西民族大学）

三等奖（15名）

《一家人莫得锁》（诗歌） **左　手**（重庆大学）
《如何在早晨写诗》（诗歌） **王　浩**（北京大学）
《迷园：灰海》（诗歌） **秦三澍**（复旦大学）
《二十岁书》（诗歌） **音　羽**（湖北省长江大学）
《去串异世界的门》（诗歌） **黄鹤权**（福建农林大学）
《我爱的是一个没有声音的黎明》（散文） **黎　子**（广东韶关学院）
《拾荒·拾意》（散文） **王雅文**（华中师范大学）

图书在版编目（CIP）数据

2015 中国高校文学作品排行榜 . 诗歌卷 / 冰峰主编；中国高校文学作品征集评审委员会选编 .—北京：现代出版社，2016.5

ISBN 978-7-5143-4887-3

Ⅰ . ① 2… Ⅱ . ①冰… ②中… Ⅲ . ①诗集—中国—当代 Ⅳ . ① I217.1

中国版本图书馆 CIP 数据核字（2016）第 097568 号

2015 中国高校文学作品排行榜 · 诗歌卷

主　　编　冰　峰
选　　编　中国高校文学作品征集评审委员会
责任编辑　曾雪梅
出版发行　现代出版社
地　　址　北京市安定门外安华里 504 号
邮政编码　100011
电　　话　010-64267325　010-64245264（兼传真）
网　　址　www.1980xd.com
电子邮箱　xiandai@cnpitc.com.cn
印　　刷　三河市宏盛印务有限公司
开　　本　710 mm × 1000 mm　1/16
印　　张　18.75
版　　次　2016 年 5 月第 1 版　2016 年 5 月第 1 次印刷
书　　号　ISBN 978-7-5143-4887-3
定　　价　39.80 元
